행복의 푸른 선물

나리타 나리코

일러스트 / neyagi
디자인 / 카마베 요시히코

행복의 푸른 선물

나리타 나리코

바다를 담은 펜던트 —— 마유

전부 있는 것은 아무것도 없는 것과 같다고 생각한다.

여느 때와 다름없는 쇼핑몰. 맥도날드에 자리를 잡고 앉아 주위를 둘러본다. 이곳의 맥도날드는 유리창으로 둘러싸여 주변의 통로가 잘 보이기 때문에 작게 나눠진 가게도, 그 가게들을 구경하는 손님들도 전부 보인다. 어제와 같을 리 없는데 동영상을 재생하는 것처럼 같은 광경이다.

"마유, 듣고 있어? 이거 재미있지?"

눈앞에 앉아 있는 나츠네의 목소리에 황급히 고개를 끄덕였다. 내민 스마트폰에서 어제 했던 버라이어티 방송의 한 장면이 재생되고 있었다.

"응, 웃겨, 웃겨."

"그렇지."

나츠네가 깔깔 웃었다.

옆에는 중학교 2학년 때부터 5년 연속으로 같은 반인 호노카, 대각선 앞쪽에는 에린. 우리는 모두 평범한 여고생으로, 이 해안가의 지방 도시에서 태어나 평범하게 살아오면서 고등학교 3학년이 되었다.

"저기, 유리아가 남학교의 학생에게 고백받은 얘기 들었어?"

에린의 목소리에 모두가 일제히 비명을 지른다. 주변의 아이들이나 정장 차림의 어른들이 놀라며 이쪽을 바라보았다. 노골적으로 "시끄러워."라고 하는 아저씨도 있었지만, 신경 쓰지 않는다.

"그 애, 얼마 전에도 도쿄대가 목표라는 명문고 학생에게 고백받았잖아."

"뭐, 얼굴만은 예쁘니까."

"우리 앞에서는 엄청 기분 나쁘게 굴면서."

옆자리에 앉은 에린이 과장되게 한숨을 쉬는 나츠네를 끌어안고 토닥였다.

우리 네 사람은 모두 동아리 활동을 하지 않는다. 그렇다고 해서 명문 대학을 들어가려고 하는 것은 아니지만, 동아리 활동을 하는 것이 재미없을 뿐. 우리 학교는 꽤나 본격적인 체육계 동아리가 많고, 그렇다고 다도나 꽃꽂이 같은 것도 맞지 않고, 미술부 같은 예술 쪽의 재능도, 무언가 만들고 싶은 욕구도 없다.

뭐, 나는 할머니의 영향으로 수예를 좋아해서 아기자기한 소품 만들기를 즐기기는 하지만, 어디까지나 취미를 벗어나지 않는다. 동아리 활동을 하면서까지 하고 싶어 하는 애들을 이해할 수 없다.

3학년 때 같은 반이 된 나와 나츠네, 에린 세 명은 아마도 서로 동질감을 느껴서 이렇게 어울리게 되었을 것이다. 호노카는 나와 계속 붙어 있던 사이이기 때문에 자연스럽게 네 번째 멤버가 되었다.

네 명 중에서는 호노카가 가장 스스로의 의지가 없을지도 모른다. 느긋하고 놀림 받기 쉬운 성격이라 무슨 말을 들어도 생글생글 웃는다. 그대로 내버려 둘 수 없어서 돌봐주다 보니 이 나이까지 함께 있게 되었다.

나츠네가 빨대가 들어 있는 종이 봉지를 작게 접으며 지루한 듯 물었다.

"그러고 보니 이제 곧 마유와 호노카도 진로 상담이지?"

"아아, 응."

출석번호 순이라 슬슬 차례가 다가온다. 올봄의 진로 상담 결과로 여름에는 부모님과 함께 학부모 면담을 한다.

"하아, 진로 희망은 뭐라고 적었어?"

"전혀. 아직 백지야. 특별히 하고 싶은 것도 없고."

우울한 기분으로 빨대 끝을 가지고 장난친다.

"그러면 내가 고른 에스테 전문학교 같이 가자."

"에스테 말이지."

멍하니 맞장구를 쳤다.

"애견미용사가 낫지 않아? 힐링도 되고."

중간에 끼어든 에린에게 나츠네가 반론한다.

"개를 다루는 건 힘들다니까. 그리고 형편없는 주인이 많아서 우울증에 걸리는 경우도 많다나 봐."

"에스테에서 멋대로 구는 아줌마를 상대하는 편이 힘들다니까."

그렇게 나츠네와 에린이 말싸움을 시작했다. 요즘 들어 항상 이 화제다. 두 사람은 에스테티션과 애견미용사, 어느 쪽의 전문학교가 좋은지를 열변하며 함께 가자고 권한다. 두 쪽 다 현(縣) 내에 전문학교가 있어서 이곳에서 전철로 10분이면 통학할 수 있는 거리다.

"마유는 어떻게 할 거야?"

호노카가 갑자기 물었다. 이 얘는 어차피 나보다도 장래를 구체적으로 생각하지 않는다. 어쩌면 나와 같은 전문학교를 고를 생각일지도 모른다.

어느 쪽이든 상관없지만, 일단은 대답했다.

"그러네. 개를 좋아하니까 애견미용사가 좋을지도 모르겠다."

"거짓말. 마유, 진심이야? 나는 에스테 학교를 졸업하면 이 쇼핑몰의 가게에서 경험을 쌓고 근처에 살롱을 열 생각이야. 마유도 같이 하자."

나츠네가 깔끔하게 다듬은 손가락으로 빨대의 껍질을 더욱 작게 접어간다. 언뜻 앞으로의 일을 확고하게 생각하고 있는 것 같지만, 애초에 조금 소심한 면이 있는 나츠네가 경영을 할 수 있을지 의심된다.

"왜 이 근처야?"

에린이 묻자 나츠네가 갑자기 진지한 표정을 지었다.

"왜냐하면 시내에는 여기밖에 사람이 없잖아."

왠지 모르게 다들 입을 다물었다.

이 마을은 이곳 말고는 낮에도 거리가 잠든 것 같이 조용하고, 길을 혼자만 걷고 있을 때도 있다. 그럴 때는 다른 세계에 갇힌 것처럼 숨이 막힌다.

에린이 당황한 듯 입을 열었다.

"옛날에는 역 앞의 상점가가 굉장히 붐볐다는 이야기 들은 적 있어?"

"아, 그건 정말로 오래된 이야기잖아. 우리의 어머니들이 여고생이었을 때라던가."

"그래, 그래. 으음, 뭐였지, 바이블 시절?"

조금 백치미를 풍기는 호노카가 고개를 갸웃한다.

"그건 버블이지."

에린이 크게 웃었다. 테이블을 탕탕 치자 이쪽 트레이에 놓인 오렌지 쥬스 컵이 빨대 채로 흔들렸다.

나도 트레이를 누르며 대답했다.

　"나도 할머니에게 들은 것이 있어. 옛날에는 역 앞 거리가 가장 큰 번화가여서 큰 백화점도 두 개 정도 있었고, 모두 그곳에서 쇼핑을 했었대."

　하지만 조금 떨어진 교외에 이 큰 쇼핑몰이 생기자 시네마 콤플렉스도 있고, 주차장도 넓고, 그리고 홈센터와 카숍도 가까워 다들 오래된 가게에는 가지 않게 되면서 상점가가 눈 깜짝할 새에 쇠퇴했다고 한다.

　"우리는 이 쇼핑몰이 없으면 살 수 없잖아."

　나츠네와 에린의 동의를 구하는 시선에 나도 말없이 고개를 끄덕였다.

　"그렇지."

　뭐가 그런지는 잘 모르겠지만, 어쨌든 이 큰 쇼핑몰이 우리의 방과 후와 휴일을 뒷받침하고 있는 것은 확실하다.

　해안가의 마을이지만, 이곳은 해변에서 꽤 멀다. 구체적으로 바다 근처에 있는 학교에서 자전거로 있는 힘껏 달려도 20분 이상은 걸리지만, 우리는 매일 같이 와서 차를 마시며 어제와 다르지 않은 경치의 일부가 되었다.

그 사실이 왜 이렇게 우울한 것일까.

"──이 다음은 어떻게 할래? 노래방이라도 갈까?"

"좋지. 가자, 가자."

나츠네의 말에 에린이 즉시 대답했다.

호노카가 큰 소리를 내며 의자에서 일어선다.

"아, 나는 오늘 소바집 아르바이트가 있으니까 슬슬 돌아갈게."

"호노카, 아르바이트 너무 많이 하는 거 아니야?"

에린이 호노카를 바라보며 소리쳤다. 호노카는 태평하게 웃고는 손을 흔들고 사라졌다.

"마유는 어떻게 할래?"

어쩐지 노래할 기분이 아니어서 나도 두 사람을 향해 양손을 마주 대었다.

"미안! 오늘 할머니와 데이트 약속을 해서."

"우와! 어쩐지 눈물이 나오려고 해."

나츠네가 웃으며 자리에서 일어선다.

"마유는 정말로 할머니를 좋아하는구나."

"그게, 할머니의 옛날이야기는 재미있단 말이야."

나도 일어서며 가방을 어깨에 걸쳤다. 세 사람과 똑같은 곰 인형이 달랑달랑 흔들린다. 대량 생산된, 발 디딜 곳 없는 공중에 매달린 이 아이에게는 어쩐지 친근감이 든다.

"그럼 갈게. 노래방에서 사진 보낼 테니까."

"기대할게."

웃으며 가볍게 손을 흔들고 두 사람과 헤어졌다.

겨우 혼자 남아 크게 숨을 내쉰다. 출구로 가는 김에 늘어선 가게를 뜻하지 않게 둘러보며 걸었다.

이곳에는 전부 다 있다. 도쿄에서도 인기 있는 옷 브랜드도 많고, 대형 점포가 있어서 새로 나온 책도, 음악도 쉽게 손에 넣을 수 있고, 먹을 것도 일식, 양식, 중식, 그 외 여러 가지가 있어서 불편하지 않다. 그리고 손님이 지루하지 않도록 언제나 파는 상품을 교체한다.

그런데도 전부 똑같아 보인다. 옷을 사도 견딜 수 없이 지루함을 느낄 때가 있어서, 천에 자수를 놓거나 자투리 천으로 코사지를 만들어 구두를 꾸미며 기분을 달랜다.

손님은 어린아이부터 노인까지 다양하다. 근처에 종합병원도 이전했으니까 노인의 수가 조금 늘었을까.

나는 정말로 에스테티션이나 애견미용사 전문학교에 다니고, 이 쇼핑몰의 살롱이나 펫숍에서 일하게 될까. 어느 쪽이든 상당히 높은 확률의 미래이다.

그리고 이 쇼핑몰 안에서 남자 친구를 만들거나 헤어지고, 나츠네의 언니처럼 남자 친구가 바람을 피우지는 않나 항상 고민하다가 20대 때 결국 친구의 소개 등으로 만난 사람과 결혼하고 아이를 낳아서 이번에는 어머니가 되어 이 쇼핑몰에 돌아온다. 아니면 아이를 낳은 후에도 가게의 아르바이트를 계속할지도 모른다.

응, 정말로 있을 법한 미래다.

나의 일생은 이 쇼핑몰에서 완전히 끝을 맺는다. 이곳을 걷는 사람들을 보고 있으면 미래는 흔들림 없는 외길로 보인다.

어쩐지 나른한 기분으로 걷는 도중에 주차장으로 이어지는 출구가 보이기 시작했다.

자동문 앞에 캡슐토이 기계가 쭉 늘어서 있다. 곰 인형도 이 캡슐토이에서 샀다.

익숙한 광경인데 왠지 오늘은 위화감을 느꼈다. 출구의

앞쪽까지 시선을 옮기다가 나도 모르게 소리를 내어 중얼거렸다.

"뭐야, 저건."

작은 캡슐토이 기계가 늘어선 안쪽에 큰 사각형의 금속 상자 같은 것이 놓여 있었다. 천천히 다가가 정면에 서 본다. 금속 상자는 바랜 청색이었다. 아래쪽은 녹투성이이고, 크기는 50센티미터 정도, 높이는 1미터가 채 되지 않을 정도일까. 작은 락커처럼 보인다. 버튼도 없고 시계 방향으로 돌리는 손잡이——위에 시계 방향으로 돌리는 화살표가 그려져 있는——와 상품이 나오는 큰 구멍뿐이다. 그런데도 동전을 넣는 구멍은 달려 있지 않은 것 같다.

손잡이 위에는 종이가 붙어 있었는데, 새카맣고 굵은 글씨로 이렇게 적혀 있었다.

"이 상자에서는 인생을 바꿀 무언가가 나옵니다."

——수상하다. 어제 친구들과 돌아갈 때는 없었다. 쇼핑몰 측에 알려야 할지 말지 고민될 정도였다.

주변을 주의 깊게 살펴보았다. 어쩌면 텔레비전의 서프라이즈 방송 기획이지 않을까 하고 생각했다.

이런 지방 도시의 쇼핑몰에서 그런 촬영을 할 리가 없나. 어쨌든 다가가지 않는 것이 가장 현명할 것 같다.

재빨리 지나가려던 순간, 갑자기 목소리가 들렸다.

"천오백 엔이야."

깜짝 놀라 어깨를 움츠린다. 목소리가 들리는 쪽을 바라보자 주차장 쪽에서 할머니가 다가오고 있었다.

할머니는 그대로 눈앞에 다가와서 금속 상자의 옆에 놓인, 역시 잔뜩 녹이 슨 파이프 의자에 앉았다. 그리고 이상하게 주름이 옅은 손바닥을 내민다.

"들리지 않았니? 이것을 하려면 천오백 엔."

이 금속 상자도 설마 캡슐토이 기계 같은 것인가. 하지만 천오백 엔이라니——.

할머니는 젊을 적에 미인이었을 것이다. 코가 높고, 빨간 립스틱을 바른 입술은 얇으며 눈은 외국인처럼 약간 들어가 있다. 지금도 아름답지만, 음모를 꾸미는 마녀를 떠올리게 하는 용모에 기분이 나빠졌다.

"저기, 저는 관심 없어서요."

고개를 흔들고 발길을 돌리려 하자 할머니가 다시 말했다.

"인생을 바꾸고 싶잖아? 아니면 나의 짐작이 틀렸나."

"아니요, 별로."

그저 붙어 있던 종이와 신기한 금속 상자를 보고 있었을 뿐이다.

──이 상자에서는 인생을 바꿀 무언가가 나옵니다.

다시 보니 수상할 뿐만 아니라 꽤나 허풍을 떨고 있습니다만.

어차피 어린아이를 놀리는 것이 분명하다. 아무도 가지려 하지 않는 값싼 피규어나 여러 가지 과자 모음 등이 나올 것이 분명하다.

"고집이 센 아이구나. 그럼 삼천 엔으로 해 줄게."

갑작스러운 제안에 잠시 생각하고 대답했다.

"아니, 처음보다 비싸지다니 이상하잖아요."

"어머, 비싸면 좋은 것이라고 생각하는 인간 심리를 노렸는데 실패인가 보네."

"그건 처음부터 비싼 가격이지 않으면 효과가 없잖아요."

금속 상자만이 아니다. 이 할머니도 매우 이상하다. 그녀는 실망한 표정으로 고개를 흔들었다.

"싫다, 젊다는 건. 에너지가 많이 소비돼."

"뭔지 모르겠지만, 마음대로 실망하지는 말아 주——."

"이 쇼핑몰."

할머니가 내 말을 가로막고 말하기 시작했다.

"너는 이 쇼핑몰에 정신을 사로잡혀 있는 거야. 너뿐이 아니다. 모두 그래. 여기에 있으면 말이지, 아무것도 생각하지 않아도 돼. 가지고 싶다고 생각하기 전에 전부 갖춰져 있으니까. 하지만 그렇게 손에 넣은 것이 정말로 필요한 것이었을까?"

나의 마음을 이야기하는 것 같아서 무심코 입을 삐죽였다. 뭐든 좋으니까 반박하고 싶어진다.

"지나가던 중에 예쁜 것을 발견해서 충동적으로 그것을 사는 것이 뭐가 나빠요."

할머니가 아까보다 나를 가까이서 쳐다보았다. 마음속을 스캔 당하는 것 같아서 어쩐지 침착할 수가 없다.

"너, 잘 보니 어쩐지 오래전 알던 사람과 닮은 것 같다. 역시 삼천 엔이 아니라 천오백 엔에 해 줄게."

스캔, 당하지 않았다.

시선을 뿌리치고 떠나려는데 이번에는 눈물 작전인지, 할머니가 처량한 콧소리를 내기 시작했다.

"아아, 야박하다. 지방 사람이 상냥하다는 것은 거짓말이구나. 배가 고파. 이대로 오늘도 밖에서 자면 영양실조에 걸릴지도 몰라."

"저기, 저를 놀리시는 거죠?"

왜냐하면 할머니는 손가락에 비싸 보이는 반지를 끼고 있고, 몸에 걸치고 있는 옷도 심플하지만 바느질이 굉장히 꼼꼼해 보인다. 그야말로 이런 쇼핑몰에서는 살 수 없는 그런 옷을 밖에서 자야 할 상황에 놓인 사람이 입고 있는 것은 이상하다.

할머니가 나의 시선의 의미를 알아차렸는지 갑자기 검지를 세웠다.

"천 엔!"

"네?"

"천 엔으로 해 줄게. 그걸로 인생이 바뀐다면 싼 것 아닐까?"

"그렇지만——."

터무니없는 말인데도 할머니의 눈빛은 더욱 날카롭게 가슴속을 파고드는 것 같았다.

"이 쇼핑몰에서 탈출하고 싶잖아?"

그 말에 가슴이 철렁했다.

"그, 그러니까, 아까부터 나가려고 하는데 방해하는 건 그쪽이잖아요."

일부러 딴청을 피웠다.

입으로는 항의를 하면서 왜 나는 당장 나가려고 하지 않는 것일까.

할머니는 움직이지 않는 나를 향해 과장되게 고개를 흔들었다.

"아아, 요즘 여고생은 만만치 않아. 좋아. 특별히 오백 엔. 그 이상은 절대로 안 깎아 줘. 이걸 오백 엔에 줬다고 다른 아이에게 말하면 안 된다."

"딱히 깎아 달라고 한 건——."

할머니가 나에게 힘차게 손바닥을 내밀었다. 차라리 오백 엔을 내는 것이 편하겠다는 생각이 든다. 말다툼을 하는 것에 지쳐서 나도 모르게 묻고 말았다.

"도대체 무엇이 나오는데요?"

"어머, 이제야 겨우 솔직해졌네."

할머니는 가슴을 펴며 대답했다.

"안에 들어 있는 것은 전부 하나밖에 없는 수제품이야. 내가 전국을 여행하며 얻은 훌륭한 물건들이지."

"──흐음."

대량 생산이 아니라 하나밖에 없는 물건인가.

마음이 조금 움직인다. 아니, 왜 진지하게 받아들이는 거야. 그런 건 분명 거짓말이다. 하지만── 오백 엔이라면 뭐, 괜찮을, 지도?

그래도 망설이자 할머니가 고개를 흔들었다.

"버텨봤자 절대로 오백 엔보다 싸지지는 않는다."

"아니, 그러니까 깎아 달라고 한 적 없다니까요."

그래도 이대로라면 구두쇠로 낙인찍힐 것 같아서 결국 지갑을 꺼내고 말았다. 묵묵히 오백 엔을 꺼내 손바닥에 올려놓자 할머니가 새빨간 입술을 끌어올린다.

"자, 손잡이를 돌려 봐. 너의 인생을 바꿀 무언가가 나올 거란다."

또 그런 허풍을 떨다니. 애초에 이렇게 한 방향으로 고정된 인생이 갑자기 바뀔 리가 없잖아요.

마음속으로 독설을 내뱉으면서도 막상 눈앞에 있는 금속 상자를 보니 꿀꺽 침이 넘어갔다.

"빨리 돌려 봐."

"알았다니까요."

입을 삐죽거리며 힘껏 손잡이를 돌렸다. 끝까지 돌리자 딸깍하고 큰 소리가 나며 무릎 근처의 구멍에서 무언가가 떨어진 것이 보였다.

"뭐야, 이건?"

무엇이냐 하면 리본이 둘러진 작은 봉지였다. 봉지를 열어 보니 펜던트 같은 것이 나온다.

"이것 참, 그것이 나올 줄이야."

할머니가 다시 나를 바라본다. 하지만 시선은 조금 전보다도 몹시 부드러워지고 어쩐지 차분한 어조로 말했다.

"네가 그 바다의 주인이 된 것이구나."

펜던트 헤드는 손가락만 한 가늘고 긴 유리로 되어 있었다. 다만 어떤 기법으로 만들어졌는지, 안을 들여다보니 마치 해변에 파도가 밀려오는 순간을 잘라낸 것처럼 보인다.

"유리 작가의 작품이다."

"그래요?"

"말했잖아? 나는 수제품만 취급해. 그 펜던트에는 말이지, 바다가 담겨 있어. 특별한, 매우 특별한 물건이니까 소중히 간직하렴."

"으음. 하지만 이 펜던트로 인생이 바뀔 리 없잖아요."

"아아, 싫다, 싫어. 이래서 상상력이 없는 아이는."

할머니는 그렇게 말하면서 나를 계속 바라보고 있다.

"왜요? 계속 쳐다보고."

"너, 계속 이 마을에 살았니? 부모님은? 조부모도 이곳 사람?"

왜 갑자기 그런 질문을 하는 것일까.

내가 망설이고 있자 할머니는 한숨을 쉬고는 이제 가라는 듯 손을 흔들었다.

"역시 대답하지 않아도 된다. 그 펜던트가 네 손에 들어간 것이 전부인 것을. 자, 일이 밀렸으니 빨리 가라."

돈을 지불한 순간 이런 태도인가.

너무나도 타산적인 태도에 웃음이 나왔다. 하지만 겨우 오백 엔으로 손에 넣은 펜던트가 굉장히 예뻤다. 확실히 휴양지의 깨끗한 바다 같다.

이거라면 천 엔을 지불해도 좋았을지 모른다.

나는 할머니에게 내쫓겨 쇼핑몰의 출구로 향했다. 내 뒤로 마음 약해 보이는 아저씨가 붙잡힌 것 같았다.

어쩐지 곧장 집에 돌아가고 싶지 않아서 일부러 해변을 따라 난 길로 돌아가기로 했다. 방파제를 따라 천천히 자전거를 밟는다. 5월의 바람은 벌써 따뜻해서 페달을 밟으며 나른해졌다.

멀리 돌아가지 말고 바로 집으로 갈걸.

체육복 차림으로 동아리 활동 중인 다른 학교 학생들이 일렬로 지나쳐 갔다.

"아이 고등학교 학생이야."

"근데 평범하지 않아?"

학생들이 지나가자마자 그런 무례한 대화가 바닷바람에

날아가지도 않고 똑똑히 귀에 들어온다.

그래. 나는 평범하다. 내가 다니는 학교에는 예쁜 애가 많아서 다른 학교에 인기가 있지만, 물론 그건 사람에 따라 다르다. 중간에 방파제가 끊긴 곳에 자전거를 세우고 모래 사장 쪽의 계단을 내려갔다. 이 앞에 작은 해변공원이 있어서 어릴 때는 할머니와 자주 놀러 왔었다.

바다는 언제나 곁에 있었지만, 새삼스레 와 보는 일은 거의 없어졌다.

오랜만에 차분히 바라보는 바다는 어릴 때와 거의 다르지 않다. 조금 전 펜던트 헤드에 담겨 있던 투명한 바다와 다르게 봄의 바다는 녹색이 섞인 푸른빛이다. 유화를 덧칠한 것처럼 무거운 질감의 수면은 어쩐지 밋밋하다. 몇 번이고 밀려오는 파도를 보고 있는 사이, 이 마을이 이 무거운 바다에 갇혀 있는 것 같은 느낌이 들었다.

예전에는 이런 생각을 한 적이 없었는데.

이 마을에서 태어나, 어디든 집에서 다닐 수 있는 전문학교를 들어가서 직업을 얻고. 그것이 당연하다고 생각했다. 지금도 그런 생각이기는 하지만——.

석양빛에 펜던트 헤드를 비춰 본다.

펜던트 안의 바다가 오렌지 빛으로 물든 것처럼 보였다. 너무나 아름다워서, 이것은 어딘가 다른 곳의, 전혀 다른 종류의 바다 같이 느껴진다. 아마도 눈앞의 바다와는 이어져 있지 않다.

하지만 조금 마음에 들었을지도. 매일 걸고 다닐까.

펜던트 헤드를 목에 걸자 평소보다는 조금 가벼운 기분으로 집으로 돌아가는 길을 걸을 수 있었다.

집에 돌아가자 할머니가 부엌에 서 있었다.

"다녀왔어요. 어라? 엄마는 오늘 슈퍼 아르바이트하는 날이었어요?"

"그래. 오늘은 특별한 볶음요리란다."

할머니의 요리는 조금 화려하다. 맛도 어쩐지 독특하고 제법 맛있다. 규슈 어딘가의 섬 출신이라고 들은 적이 있으니 그 지방의 맛일지도 모른다. 집에 저녁을 먹으러 왔던 호노카는 음식점의 요리 같다고 좋아했었다.

볶음요리에는 여름이 되면 여주가 들어가지만, 오늘은 대신 오이를 사용했다. 유채무침, 파와 두부를 넣은 된장국. 확실히 일식 음식점의 요리 같았다.

교복에서 평상복으로 갈아입은 후, 할머니를 도왔다. 함께 테이블에 그릇을 놓으며 문득 묻고 싶어졌다.

"저기, 할머니. 태어난 곳에서 멀리 떨어져 사는 건 어떤 기분이에요?"

"왜 그러니? 갑자기 그런 걸 묻고."

할머니가 쌍꺼풀진 동그란 눈을 깜빡였다.

"하지만 남쪽 지방하고 우리 마을은 전혀 다르잖아."

"다르긴 하지. 할아버지 따라 이 마을에 와서 처음 눈이 쌓인 것을 봤으니까."

온화하게 미소 짓는 할머니는 조금 전에 만난 수상한 할머니와는 전혀 다른 타입이다. 어쩌면 나이는 비슷할지도 모르지만, 우리 할머니가 확실히 더 호감이 간다. 애초에 그 사람처럼 수상하지도 않고.

조금 전에 일어난 일을 이야기하려다가 역시 그만두었다. 나를 굉장히 귀여워하는 할머니에게 쓸데없는 걱정을 끼칠 것 같았으니까.

"다녀왔어요. 어머니, 늦어서 죄송해요."

그릇을 다 놓았을 때쯤 엄마가 어수선한 모습으로 돌아왔다. 된장국과 밥을 다 담았을 때 아버지도 돌아왔다. 아마도 동아리 활동을 하고 돌아오는 남동생과 같은 시간에 도착한 모양이었다.

곧바로 가족이 함께 식사를 하게 되었는데 이것도 어제와 거의 같다. 다른 것은 식탁의 메뉴 정도.

"그러고 보니 마유, 진로는 어떻게 할지 정했니?"

엄마의 질문도 어제와 똑같아서 지긋지긋했다.

"하루가 지났다고 결정할 수 있을 리 없잖아."

내일까지 결정하겠다고 말한 것은 나 자신이면서 입을 삐죽인다.

"그런 식으로 여유 부리다가는 금방 졸업할 때가 올 거야."

"그만, 그만, 그렇게 서두르지 마. 아직 어린애니까."

할머니의 성격을 물려받았는지 어쩐지 남쪽 지방의 시간을 살고 있는 것 같은 아버지가 느긋하게 한마디 한다.

"또 그런 태평한 소리나 하고. 여름에는 학부모 면담이 있어요. 여름까지 두 달 남았고."

"누나, 어차피 선택지는 별로 없으니까 제비뽑기 같은 걸로 정하면 되잖아."

건방진 말을 하는 남동생 신야는 동아리 활동을 꽤나 열심히 하고 있는 주제에 공부도 잘한다. 이대로 가면 우리 마을이 아니라 현에서 가장 좋은 학교에 합격할 것이 확실하다고 한다.

"시끄러워."

노려보자 신야가 어깨를 움츠리며 입을 다물었다.

천천히 먹으면 언제 또 공격이 시작될지 몰라 엄마의 아르바이트로 화제가 바뀐 틈을 타 서둘러 밥을 먹었다.

"잘 먹었습니다!"

밥그릇을 들고 일어서자 엄마가 얼굴을 찌푸리며 바라본다.

"아, 잠깐 기다려. 이번 주 안에는 진로를 제대로 생각해 보고 얘기하도록 해."

고개를 끄덕이고 부엌의 싱크대에 밥그릇을 놓은 다음, 2층의 내 방으로 뛰어 올라갔다. 침대에 쓰러져서 스마트폰을 들여다본다.

화면에는 노래방에서 찍은 친구들의 사진이 가득했다. 즉시 메시지를 송신한다.

「웃겨ㅋ」

토끼가 포복절도하는 스탬프를 연달아 보냈다.

역시 친구들과 함께 애견미용사나 에스테티션이 되겠지. 둘 다 다닐 수 있는 거리에 있는 전문학교이기도 하고. 달리 하고 싶은 것도 없고. 할 수 있을 것 같지도 않고.

형광등의 불빛에 한 번 더 그 펜던트를 비춰 보았다.

이것이 나의 인생을 바꿔 줄까? 겨우 펜던트가 어떻게? 예뻐서 다행이지, 예쁘지 않았다면 손해 볼 뻔했다.

──바보 같아. 틀림없이 그 이상한 할머니에게 속은 거잖아.

침대에 엎드려 숨을 멈추고 바라본다.

바다 속에 잠수하는 사람처럼 아슬아슬할 때까지 숨을 참고 참았다가 푸하 하고 숨을 뱉어도 기분은 여전히 무겁게 가라앉아 있었다.

친구들과 적당히 수업을 받고, 방과 후 쇼핑몰에서 수다를 떨며, 가끔은 노래방에 가고. 그렇게 지내는 동안 눈 깜짝할 사이에 진로 상담의 날이 다가왔다.

"어쩐지 긴장된다."

"응, 그래."

교실 앞의 복도에 의자 세 개가 놓여 있어 나와 호노카가 마주 보고 앉았다.

다음은 호노카의 차례로 지금은 앞 차례의 아이가 진로 상담을 하는 중이다. 오늘 면담은 내가 마지막이어서 세 번째 의자에는 아무도 앉아 있지 않다.

그래, 라고 대답했지만, 나는 그다지 긴장하지 않았다. 미래는 어차피 한 가지 길밖에 없으니 긴장할 정도로 큰일이라는 생각이 들지 않는다. 왠지 내 일이 아닌 것 같은 기분이다.

"아야카, 오래 걸리네."

발끝으로 바닥을 차며 중얼거리자 호노카가 고개를 끄덕

인다.

"아야카는 도쿄에 간다고 했으니까 뭔가 이야기할 것이 많을지도 몰라."

"아, 그렇구나."

스포츠로 추천을 받은 아이라면 이해가 가지만, 이 마을에서 먼 곳으로 가는 아이가 보통 반에 있는 것이 조금 의외였다.

의자의 뒤는 마침 교실과 복도를 나누는 불투명한 유리문이다. 살짝 귀를 가져다 대어 봤지만, 목소리가 흐릿해서 잘 들리지 않는다.

"호노카는 애견미용사와 에스테티션, 어느 쪽을 적었어?"

바닥의 금을 실내화 끝으로 쿡쿡 찌르며 가볍게 물었다.

나는 결국 에린이 추천한 애견미용사 전문학교를 적었다. 개라면 싫지 않고 손재주가 좋은 편이라 어떻게든 될 것 같았기 때문이다.

엄마도 "그러네, 너는 동물도 좋아하니까."라며 납득한 것 같았다.

"저기, 실은 나——."

호노카가 대답하기 전에 아야카가 교실에서 나왔다.

"다음, 호노카래."

그러고 보니 호노카와 아야카는 소바집에서 같이 아르바이트를 해서 그룹은 다르지만 사이가 좋다.

황급히 일어서는 바람에 넘어질 뻔한 호노카를 아야카가 잡아 주었다.

"위험하잖아. 조심해."

아야카가 쓴웃음을 짓는다. 호노카 같은 아이가 맛있기로 유명한 소바집의 아르바이트를 하는 것이 걱정되었는데, 아무래도 든든한 아군이 있었던 것 같다.

"마유도 힘내."

아야카는 나에게도 작게 손을 흔들고 종종걸음으로 멀어져 간다. 석양을 받은 그 활발한 뒷모습이 어쩐지 눈부시다.

"그럼, 먼저 갔다 올게."

호노카가 조금 굳어진 표정으로 교실에 들어갔다.

호노카는 역시 애견미용사는 어려울 것이다. 동물을 다뤄

야 하고, 가정 실기 점수도 좋지 않았고, 덤벙대는 성격이
고. 그렇다고 에스테티션이라는 느낌도 나지 않아서 도대
체 어느 쪽을 적었을지 상상이 가지 않는다.

유리문을 열어서 조금만 들어 볼까.

신중하게 유리문을 밀어 조그만 틈으로 들리는 목소리에
귀를 기울였다. 때마침 담임인 나카오 선생님이 말을 시작
했다.

"으음, 분명히 사쿠라이는 대학 진학을 희망했었지? 제1
지망은 중앙국제대학이라고."

──뭐?

심장이 빠르게 뛰기 시작했다. 나카오 선생님이 하는 말
의 의미가 전혀 이해되지 않는다.

"네."

유리문의 틈새에서 귀를 떼고, 이번에는 안을 훔쳐보았
다.

변함없이 긴장하고 있는 호노카의 옆모습이 보였다.

"작년 가을부터 꽤 열심히 하고 있는 것 같구나. 얼마 전
모의시험 성적도 좋았고, 이 정도면 충분히 합격할 수 있는

성적이다. 오히려 선생님은 조금 더 높은 곳을 노려도 괜찮을 거라고 생각하는데, 이왕이면 도쿄의 대학도 생각해 보지 그러냐?"

호노카가 얼굴을 들고 나카오 선생님을 바라보았다. 뺨이 점점 붉어진다.

익숙한 얼굴인데. 호노카의 옆모습은 지금까지 질리도록 봐 왔는데 마치 다른 사람 같았다.

"열심히 하겠습니다."

"그래, 부모님과도 상담해 봐라. 내가 추천할 곳은 국립이라면——."

선생님은 나도 들은 적 있는 유명한 대학의 이름을 몇 개인가 언급했다. 호노카는 열심히 고개를 끄덕이며 메모를 하고 있다.

그리고 잠시 후, 호노카가 교실을 나왔다.

나는 왠지 호노카의 얼굴을 제대로 쳐다볼 수 없어서 순간적으로 고개를 숙여 버렸다.

"저기, 다음 마유래. 끝날 때까지 기다리고 있을게. 돌아갈 때 이야기할 수 있을까?"

호노카가 그렇게 물었지만, 나는 머리가 혼란스러워 도저히 이야기할 수 있을 것 같지 않았다.

"빨리 돌아가 봐야 하니까 다음에 이야기하자."

"아, 그렇구나——. 그럼."

호노카의 대답이 끝나기 전에 도망치듯 교실로 들어갔다.

나카오 선생님이 교실의 중앙 부근에 마련된, 책상을 붙인 즉석 면담 테이블을 손가락으로 가리킨다.

"여기 앉아라."

선생님을 마주 보고 앉자 바로 진로 상담이 시작되었다.

지망 동기가 어떻고, 성적 이야기 등 이런저런 말을 들었지만, 전혀 머릿속에 들어오지 않는다. "손재주가 좋으니까 잘 할 수 있을 것 같아서."라든가 "아.", "네."라는 나의 목소리가 훔쳐 듣기라도 하는 것처럼 흐릿하게 들린다.

정신이 들자 교실은 조용해져 있었다. 고개를 드는 순간 나카오 선생님이 눈앞에서 팔짱을 끼고 있었다. 나를 바라보는 시선이 조금 험악해졌다.

"너 말이지. 정말 제대로 생각한 거냐?"

입이 자연히 튀어나온다.

"생각했어요."

하지만 무엇을 얼마나 생각하든 답은 한 길밖에 없잖아요. 그 쇼핑몰에서 할 수 있을 만한 것은 애견미용사, 에스테티션, 그 외 마사지사, 그리고 네일리스트라거나?

선생님이 팔짱을 풀고 머리를 조금 긁적였다.

"너는 보류해 두마. 마지막까지 다 돌고 3주후 정도에 부를 테니 조금 머리를 식히고 생각해 둬. 미리 말해 두지만, 중요한 것이니까. 장래를 선택하는 것은 누구도 정답을 알 수 없으니까 틀려도 물론 괜찮지만, 제대로 생각하지 않으면 제대로 틀리는 것도 할 수 없단 말이다."

언제나 적당히 넘어가는 나카오 선생님에게 드물게도 선생님다운 말을 듣고 어쩐지 불편해졌다.

꾸물꾸물 엉덩이를 움직이자 의자가 소리를 내며 조금 움직였다. 손바닥에 땀이 나고 지금 당장 이 교실을 벗어나고 싶어서 참을 수가 없다.

한숨을 쉰 뒤 허락이 떨어졌다.

"오늘은 이만 가도 좋다."

"──감사합니다."

작은 목소리로 중얼거리고 서둘러 교실을 나왔다. 현관까지 가는 복도가 길고 흐물흐물 비틀려 보인다.

왠지 호노카의 붉어진 옆모습이 떠올랐다.

이렇게 된 것도 호노카의 탓이다. 호노카가 그런 면담을 해서 내가 아무것도 생각하지 않는 것처럼 보이는 것이다.

그 아이가 에스테티션이나 애견미용사라고 적었다면 분명——.

애초에 몰랐다. 호노카가 진학을 희망했었다니. 그 멍하던 아이에게 그런 의지가 있었다니. 혼자서 몰래 공부하다니 그런 건 교활한 행동이고 완전히 배신이잖아.

석양이 희미해져 복도가 어두워진다.

"저기, 마유!"

현관에 도착했을 때, 갑자기 나를 부르는 소리가 들렸다. 정면에 호노카가 서 있다.

"——시간 없다고 했잖아."

평소와 다르게 쌀쌀맞은 목소리가 나왔다. 그런데도 나의 눈치를 보듯이 호노카가 말을 잇는다.

"하지만 저기, 돌아가면서라도 괜찮으니까 잠깐 이야기

하고 싶어서."

"미안, 지금은 좀 무리야."

우리 같은 곳에 있었잖아? 그런데 왜? 몰래몰래 숨어서 혼자 공부하며 나를 비웃었어?

"저기, 하지만 들어 줬으면 하는 이야기가 있어서."

안절부절못하는 목소리에 결국 참을 수가 없었다.

"대학 가는 거잖아. 들어 버렸어. 비밀로 하고 비웃고 있었던 거야?"

호노카의 얼굴이 일그러진다.

빠른 걸음으로 걷기 시작하자 더 이상 따라오지 않았다.

스마트폰을 꺼내 나츠네와 에린에게만 메시지를 보냈다. 호노카의 배신에 대해 보고했다. 놀란 두 사람에게 곧바로 답신이 왔다.

「뭐야 그게, 너무하잖아. 호노카, 그런 말은 한 마디도 하지 않았으면서.」

언젠가는 말할 생각이었을 것이다. 하지만 일부러 두 사람을 부채질했다.

「그것보다 아무것도 말해 주지 않다니 교활하지 않아?」

「그렇지.」

「아무 말도 하지 않았다는 건 그렇네.」

나츠네와 에린에게 이어서 선언했다.

「그렇지? 나는 내일부터 무시할 생각이야.」

「우와, 마유, 무서워!」

에린의 토끼 스탬프가 웃고 있다.

나츠네에게서는 비난하는 듯한 메시지가 왔다.

「무시는 조금 너무한 거 아니야? 생활기록부 같은 것도 있으니까.」

「그래, 그래. 우리 엄마하고 호노카의 엄마는 친구란 말이야. 곤란해.」

뭐야, 둘 다 조금도 이해하지 못했어.

「하지만 어차피 도쿄의 대학에 가 버리면 상관없으니까. 무시해도 괜찮지 않아? 어쨌든 나는 할 거야.」

스탬프도 누르지 않고 스마트폰을 집어넣는다. 태평하게 미소 짓는 호노카의 얼굴을 떠올리자 화를 억누를 수가 없었다.

계속 내 뒤를 따라오기만 했으면서——.

학교에서 나오니 이미 밖은 완전히 어두워져 동아리 활동이 끝나고 돌아가는 학생들이 흐릿하게 보인다. 나도 그 풍경 속에 녹아들어 걷기 시작하자 더욱 화가 치밀었다.

나 자신의 감정에 짓눌릴 것 같아 펜던트를 쥔다.

이 펜던트 안의 바다는 이 마을의 바다와는 다르다. 나를 가두지 않는다.

그렇게 생각하니 마음이 잔잔해지는 것 같다. 크게 심호흡을 하고 겨우 조금 진정이 되어 발걸음을 살짝 늦췄다.

*

다음 날부터 나는 호노카와 말을 하지 않았다.

다른 두 사람도 개인적으로는 호노카와 대화를 하는 것 같았지만, 점심시간에는 내가 일부러 끌고 나와 교정에서 도시락을 먹었고, 방과 후도 재빨리 돌아가 호노카가 말을 걸 틈을 주지 않았다.

아무리 태평한 성격이라고 해도 역시 나의 태도를 알아차린 듯 나에게 다가오는 일은 없어졌다. 대신 아야카와 함께 밥을 먹는 것 같았다.

그러면 됐잖아. 아야카와 함께 도쿄로 갈 거니까.

나츠네와 에린, 그리고 나는 오늘도 쇼핑몰에서 방과 후를 보내고 있다.

"저기, 호노카 말이야, 최근에는 아르바이트 하기 전에 도서실에서 공부를 하고 있나 봐."

에린이 살짝 내 눈치를 보며 말했다.

"흐응. 대학을 가서 도대체 무엇을 하려고 하는 걸까?"

나츠네의 흥미진진한 목소리에 에린이 대답했다.

"아, 그거 우리 엄마한테 들었는데 말이지. 통역이나 번역을 하려고 하나 봐. 영화의 자막 같은 것을 생각하는 사람."

"──굉장하네, 호노카."

나는 말하고 싶지 않아서 계속 입을 다물고 있었다. 호노카가 장래 무엇이 될 것인지 관심도 없고, 듣고 싶지도 않았다.

진로 상담을 했던 날부터 무엇을 먹어도 씁쓸하게 느껴진다. 오늘은 콜라도 전혀 달지 않고, 세트로 주문한 애플파이도 맛이 없었다.

세 명뿐이면 왠지 대화가 쉽게 끊어진다. 바보 같은 말을 하는 호노카가 없으면 지적할 일도 없고. 지금도 모두 말없이 멍하니 쇼핑몰을 바라보고 있었다.

"오늘은 이만 돌아갈까?"

나츠네가 반짝반짝한 손톱으로 빨대를 탁 튕겼다. 에린이 자리에서 일어서며 기지개를 켠다.

"아~아. 왠지 재미없어. 왜 졸업 같은 걸 해야 하는 걸까. 어차피 전문학교를 가도 우리는 이 쇼핑몰밖에 올 곳이 없잖아."

"에엑~? 전문학교를 가면 카지거리의 가게도 갈 수 있잖아. 미성년이라는 것도 들키지 않고."

나츠네가 말한 카지거리는 술집이 모여 있는 역 앞의 거리이다. 그 일대만은 사람이 쇼핑몰로 이동한 지금도 밤거리로 살아남았다.

"그런가. 우리 굉장히 자유로워지는 거네."

"그렇지?"

두 사람이 매우 큰 소리로 웃는다. 사실 이상하지도, 아무렇지도 않다. 우리는 자유로워지는 것이 아니다. 그런 것은 다들 깨닫고 있다. 그러니까 웃을 수밖에 없다. 나도 함께 바보처럼 웃었다. 가슴에 구멍이 숭숭 뚫린 것 같아 무서워져서 교복 위로 펜던트를 꼭 쥔다.

요즘 자주 펜던트를 쥐는 것 같다.

액세서리를 보고 돌아가겠다는 두 사람과 헤어져 오랜만에 자동차 주차장으로 향하는 통로를 지나가기로 했다. 얼마 전에 그 이상한 할머니를 만난 후, 피해 왔던 길이다.

하지만 왠지 오늘은 그 할머니를 만나고 싶었다. 이 펜던트가 정말로 나의 인생을 바꿔 준다면 어떤 식으로인지 좀더 자세히 듣고 싶었다.

하지만 캡슐토이 기계가 늘어선 통로엔 그 금속 상자도, 할머니도 없었다. 대신 지금 인기 있는 애니메이션의 캡슐토이 기계가 놓여 있다.

펜던트가 싸늘하게 차가워지는 느낌이 들었다.

"뭐야, 도망간 거야?"

어떻게 해야 할지 알 수 없어서 쇼핑몰을 나왔다. 자전거를 타고 페달을 마구 밟아 국도를 달렸다. 그대로 밟고, 밟고 숨이 찰 때까지 마구 밟자 운동 부족인 폐가 찢어질 것처럼 괴로웠다.

어느새 해안가의 도로에 와 있었다. 저번처럼 방파제가 끊어진 부분에 자전거를 세우고 해변공원에 들어간다.

문득 벤치에 앉아 있는, 익숙한 뒷모습을 발견하고 멈춰 섰다. 나의 기척을 알아차렸는지 그 사람이 뒤를 돌아본다.

호노카였다.

파도 소리가 나와 호노카 사이를 조용히 흘렀다.

"아, 미안. 나는 이제 갈게."

사과할 필요도, 돌아갈 필요도 없는데, 호노카가 황급히 자리에서 일어섰다.

──여기서 울고 있었구나.

호노카의 눈은 새빨갰다. 코의 아래쪽까지 젖어서 굉장히 보기 흉한 얼굴이다. 항상 실실 웃었던 주제에. 고민도 별로 없어 보였는데, 무슨 일이 있었던 걸까.

진로도 정했잖아?

"저기, 말이야. 나──."

결심한 듯 호노카가 입을 연다.

"할 말 없어."

발을 돌리려는데 호노카의 얼굴에서 눈을 뗄 수가 없었다. 호노카는 눈물로 엉망진창인 얼굴을 하고 이쪽을 똑바로 쳐다봤다.

"미안해. 화났지? 내가 진로를 말하지 않아서. 말하려고 했어, 제일 먼저, 마유에게."

"왜 나한테? 별로 궁금하지도 않아."

평정을 유지하려고 했지만, 아픈 곳을 찔려 화가 치밀었다.

"기다려. 가지마. 마유, 솔직히 애견미용사도 에스테티션도 되고 싶지 않지? 하지만 어떻게 해야 좋을지, 무엇을 하고 싶은지 몰라서 괴로운 거잖아."

단숨에 가슴속이 술렁거린다.

왜 바보 같은 호노카에게 그런 말을 들어야 하는 것일까.

"갑자기 설교하는 거야?"

호노카가 얼굴을 찌푸렸다.

"아니야. 나도 계속 괴로워서, 그럴 때는 여기에 바다를 보러 왔었어. 바다를 보고 있으면 어딘가로 갈 수 있을 것 같았으니까."

"어디든 갈 수 있을 리 없잖아!"

순간적으로 교복 위에서 펜던트를 쥐었지만, 술렁임은 더욱 커지고 입에서는 모래 같은 말이 튀어나왔다.

"어울리지 않아. 번역가라니. 호노카는 우리 중 가장 둔하잖아. 될 수 있을 리가 없는 것을 왜 하는 거야? 이 근방의 전문학교에 가기로 약속했잖아?"

말이 엉망진창으로 나왔다. 약속이라니, 그런 말을 하지 않은 것도 알고 있다. 하지만 멈추지 않는다.

"어차피 대학 같은 건 틀림없이 떨어질 거야!"

그렇게 말하면서 깜짝 놀라 숨을 들이쉰다.

호노카의 얼굴이 딱딱하게 굳어 있었다.

심한 말을 했다. 아무리 호노카라도 분명히 화가 났을 것이다. 그런데도 바보같이 얼굴을 구기고는 또 사과한다.

"미안해. 늦게 말해서. 어울리지 않는 것은 알고 있지만, 될 수 없을지도 모르지만, 대학에 떨어질지도 모르지만──. 나는 번역가가 될 거야. 그래서 좀 더 영어를 공부하고 싶어."

　이런 상황에도 무리해서 웃으려고 하는 얼굴에 머릿속이 타는 것 같아서, 반사적으로 목에서 펜던트를 벗어 바다를 향해 던졌다.

"이곳의 바다는 어디로도 갈 수 없어!"

　더 이상 호노카의 얼굴을 보지 않고 공원 밖을 향해 달리기 시작했다.

　파도 소리만이 몇 번이고 나를 쫓아왔다.

　집으로 돌아와서도 저녁을 먹고 싶지 않아서 속이 좋지 않다고 거절하고 방에 틀어박혔다. 기분이 가라앉은 탓인지 실제로 몸 상태까지 나빠진 것 같은 느낌이 든다.

　그 뒤, 호노카는 어떻게 되었을까. 눈물이 마를 때까지 그 공원에서 계속 혼자 바다를 바라보고 있었을까.

　펜던트를 쥐려고 하다가 버렸다는 것을 떠올린다.

　깨닫지 못하는 사이에 그 펜던트가 항상 괴로움을 빨아들여 주었는지도 모른다. 우울해져서 그저 침대 위에 엎드려 있었다.

어딘가로 이어져 있는 바다, 잃어버렸다. 나의 일상은 정말로 이 쇼핑몰 안에 갇히는 것이다.

──그 펜던트의 바다는 나를 이곳에서 어딘가로 데려가려고 했을지도 모른다.

처음으로 그 마녀 같은 할머니의 말을 이해할 수 있을 것 같았다. 새삼 무언가를 잃어버렸다는 것을 깨닫고 절망적인 기분이 들었다.

자고 싶어도 잘 수가 없어서 이어폰으로 좋아하는 음악을 큰 음량으로 듣는다. 평소에는 그렇게 하면 기분이 조금 좋아지는데 멜로디가 전혀 귀에 들어오지 않는다.

뒹굴 돌아눕는 타이밍에 갑자기 할머니가 문에서 얼굴을 내밀었다. 나에게 뭔가를 이야기하고 있다. 이어폰을 빼자 걱정스러운 목소리가 귀에 들려왔다.

"속이 안 좋다고? 조금이라도 먹는 게 좋아."

잘 보니 할머니가 쟁반을 들고 있었다. 쟁반 위의 그릇에서 증기가 솔솔 올라온다. 틀림없이 내가 몸이 안 좋을 때 항상 만들어 주는 달걀 된장죽이다. 어릴 때부터 나는 이 죽을 매우 좋아했다.

"할머니 방에서라면 먹을게."

내가 생각해도 어처구니없을 정도로 아이 같은 목소리였다. 침대에서 일어나자 할머니가 표정을 무너뜨리고 고개를 끄덕였다.

"괜찮다, 괜찮아. 이리 오렴."

둘이 함께 계단을 내려가 할머니의 방으로 향했다. 어릴 때 자주 올랐던 등이 지금은 매우 작다. 그래도 그 시절과 변하지 않는 따스함이 있었다.

전혀 착한 아이가 아니어도, 아무런 특기가 없어도, 할머니만은 언제나 나를 특별한 아이라고 느끼게 해 주었다.

무슨 일만 있으면 언제나 할머니 방으로 도망쳤었는데, 중학교를 졸업하고 친구들과 어울리기 바빠지면서 잘 가지 않게 되었다.

할머니가 미닫이문을 열었다. 굉장히 오랜만에 이 방의 냄새를 맡았다. 향기 주머니 만들기를 좋아하는 할머니의 방에서는 언제나 좋은 향기가 풍긴다.

4평 다다미방에는 낮은 기계식 침대, 그 반대편에 마련된 장에는 할아버지의 사진이 장식되어 있다.

손재주가 좋은 할머니는 나에게 옷이나 가방 등을 직접 만들어 주었다. 지금도 재봉틀 옆에 무언가 만들다 만 것이 놓여 있다.

내가 수예를 좋아하는 것은 확실히 할머니의 영향이다. 초등학교에 올라가서 나에게도 기초를 가르쳐 준 덕분에 가정 과목은 언제나 성적이 좋았다.

"자, 식기 전에 먹으렴."

말없이 고개를 끄덕이며 작은 테이블에 죽을 올려놓고 천천히 입으로 옮긴다. 한 입 먹을 때마다 몸이 따뜻해져서 몸이 매우 차가워져 있었다는 것을 깨달았다.

바닷바람을 맞으며 계속 서 있었으니까.

점심때는 꽤 따뜻하다고 해도 저녁의 바닷바람은 아직 차갑다.

그 아이도 몸이 차가워졌을까──.

죽을 다 먹고 차를 마시고 있는데 할머니가 갑자기 물었다.

"할머니가 말이지, 친구의 손주에게 배냇저고리를 만들어 주려고 하는데 어떤 천이 예쁜지 고르질 못해서 곤란하단다. 마유가 같이 골라 주련?"

"괜찮지만── 나도 잘 몰라. 배냇저고리 같은 건."

"그렇지 않아. 마유는 어릴 때부터 색에 대한 센스가 뛰어났단다."

"나는 평범해."

"평범한 아이는 없어. 그리고 마유는 할머니에게 굉장히 특별한 아이야."

"──그런 말을 하는 건 할머니뿐이야."

"뭐, 어쨌든 같이 골라 주렴."

할머니가 벽장에서 대량의 천을 꺼내 눈앞에 늘어놓았다.

"굉장해. 어느새 이렇게 많이 모았어?"

"좋아하면 자연히 모이게 된단다."

내 벽장 안도 할머니와 똑같았다. 단추나, 천 조각이나, 비즈나, 자수실. 그런 것이 가득 차 있다. 좋아하니까.

하지만 좋아한다고 특별히 다른 생각을 하지는 않는다. 나는 호노카처럼 멍청하지 않으니까 우리의 현실이란 것을 잘 이해하고 있다.

어디를 가더라도 우리의 미래는 그 쇼핑몰로 돌아오는 것이다. 에셔의 기하학적인 그림 속을 흐르는 물처럼.

"자, 이것과 이건 어떠니?"

할머니가 나를 쳐다보며 라임그린과 레몬색의 천 두 장을 보였다.

"아, 그것도 귀엽지만, 그거라면——."

천을 고르는 것은 단순히 즐거웠다. 색이나 옷이 완성되었을 때를 생각하자 조금 전의 일도, 진로도 썰물처럼 멀어져 간다.

결국 흰 천에 레몬색으로 가장자리를 두르고 푸른 사과 모양의 자수를 넣는 것으로 상담이 끝났다. 전단지의 뒷면에 낙서처럼 스케치해서 건네자 할머니가 만족스럽게 고개를 끄덕인다.

시간이 얼마나 빠르게 흘러갔는지 방에 들어온 것은 8시 전이었는데 이미 9시가 되려 하고 있었다.

"좋구나. 틀림없이 매우 예쁜 배냇저고리가 될 거야. 역시 마유는 특별한 센스를 가지고 있어."

할머니가 나를 지긋이 바라보았다.

"정말, 과대평가라니까."

"과대평가가 아니란다. 어릴 때부터 디자이너가 되고 싶다고 했잖아. 잊어버렸니?"

할머니의 말에 순간 가슴이 덜컥했다.

"내가 그런 말을 했었어?"

물으면서 멍하니 기억이 되살아난다.

정말로 아무것도 생각하지 않고 순수하게 그저 좋아한다는 이유로, 초등학생인 나는 분명히 할머니에게 그런 말을 했다. 디자이너가 되고 싶다고 생각하면 될 수 있다고, 기죽지도 않고 믿었다. 그래서 어릴 적 나는 어린이 나름대로 이 마을은 물론 일본을 넘어 파리에 가서 오트 쿠튀르의 세계에서 활약하는 자신을 상상하고는 두근두근했었다.

그 후로 중학교에 들어가서 런웨이라든가 파리 컬렉션 등 화려한 세계의 다큐멘터리 방송도 보고, 점점 현실을 알게 되어──. 어느새 어릴 적 꿈은 마음속 잘 보이지 않는 곳에 넣어 두게 되었다.

넣어 두기만 했고 버리진 않았다?

약간 빈정대는 자신의 목소리가 들려온 것 같아 당황하며 고개를 흔든다.

당연히 버렸다. 이제 초등학생 시절처럼 천진난만하지 않다. 하지만 그래도, 나에게도 꿈이란 것이 있었다는 것을 떠올리고 조금 놀랐다.

입을 다물고 있으니 할머니가 물었다.

"어때, 조금은 몸이 따뜻해졌니?"

"──응, 고마워."

또다시 호노카의 얼굴이 떠올랐다.

열심히 수험 공부를 해야 하는 호노카에게 심한 말을 했다. 떨어질 거라는 말은 가장 해서는 안 되는 말인데.

그런 말을 듣고 그 아이, 그 뒤로 어떻게 했을까. 아직 울고 있을까. 그렇게까지 말할 생각은 없었다. 호노카는 어리숙하지만, 심지가 굳어서 한 번 말을 꺼내면 꺾이지 않는 강한 의지가 있다.

중학교 때 억지로 학급위원을 떠맡아 울음이 나오려고 하는데도 반을 챙긴 일도 있었다. 그리고 확실히 옛날부터 영어를 좋아했었다.

내가 감싸거나 도와주지 않아도 사실 잘 할 수 있는 아이다. 오히려 내가 계속 호노카를 걱정시키고 있었다. 내가 아무 생각도 하지 않아서. 미래가 전혀 보이지 않았으니까.

할머니가 천을 접으며 조용히 물었다.

"무슨 일이 있었니?"

주름이 깊게 팬 손을 보고 어쩐지 울고 싶어졌다. 꾹 참고 대신 불쑥 말을 뱉는다.

"친구에게 심한 말을 했어."

"이런, 이런, 싸움이라도 한 거니?"

할머니가 온화하게 미소를 지었다.

지금 깨달았다. 할머니와 호노카의 웃음은 굉장히 비슷하다.

"싸움이랄까, 내가 일방적으로 나빴어. 그 아이는 번역가가 되고 싶대. 나는 열심히 하라고 말해 줬어야 했는데, 무리라든지, 어울리지 않는다고 말해 버렸어."

호노카를 응원하지 못했다. 쓸쓸했고, 충격이었고, 나 자신이 한심하고, 너무나 초조해져서.

목 안쪽이 뜨거워진다.

"그러니, 그랬구나. 그건 나빴네."

할머니는 접다 만 천을 놔두고 나를 바라보았다. 어린 여자아이를 대하듯 나의 머리를 몇 번이고 쓰다듬기 시작한다.

"어떻게 하지. 그 아이, 굉장히 상처받았을 거야."

할머니가 다시 미소 짓는다.

"어떻게 해야 할지는 간단하단다. 미안하다고 사과하는 것뿐이야. 마음껏 울면 그만큼 사과할 용기가 생길 거다."

참을 수 없어서 결국 흐느끼고 말았다.

할머니는 내 눈물이 멈출 때까지 계속 쓰다듬어 주었다.

번역가, 호노카라면 분명 잘 할 수 있을 것이다. 호노카는 나와 달리 마음속에 자유로운 바다를 분명히 가지고 있으니까.

끈기 있고 상냥해서. 그런 호노카가 번역가가 된다면 분명히 사람들에게 원문보다 멋진 말을 전달할 수 있을 거라는 생각이 들었다.

아니, 생각만 하면 안 된다. 그래, 제대로 호노카에게 말하자.

나를 쓰다듬는 할머니의 손바닥은 평온한 바다처럼 언제

까지나 멈추지 않고 나의 머리를 쓰다듬어 주었다.

*

막상 사과하려고 결심한 다음 날, 호노카는 학교를 쉬었
다.

병문안을 가는 것이 좋겠지.

호노카가 감기에 걸려 열이 난다고, 에린이 어머니에게
들었다고 한다.

나와의 일도 있고, 바닷바람을 맞으며 그런 심한 말을 들
었으니 역시 몸이 버티지 못한 것이다.

"저기, 마유. 슬슬 쇼핑몰에 가자."

나츠네가 말했다.

"아, 미안. 오늘은 할 일이 있어서 빠질게."

"그렇구나. 오늘은 둘이네."

에린과 나츠네는 재미없다는 듯 손을 흔들며 사라졌다.

두 사람의 뒷모습이 조금 불안해 보였다. 저 아이들의 뒷
모습은 나의 뒷모습이다.

에스테티션이든, 애견미용사든, 무엇이든 상관없다. 그저 진로의 공백을 지금 보이는 풍경 속에서 적당히 골라 메꾼 것뿐. 다들 그렇기 때문에 똑같이 한 것뿐.

나도 그것으로 괜찮을 줄 알았다. 하지만——.

호노카가 수평선 너머가 보이는 것 같은 눈빛으로 내가 모르는 풍경을 말하자마자, 꾸며진 미래가 간단히 부서져 버렸다.

느릿느릿 자리에서 일어나 아직 새하얀 진로 희망 종이를 가방에 넣었다. 진로 상담 때 나카오 선생님에게 새로 받은 것이다.

미안해, 호노카. 나 정말로 형편없는 말을 하고 말았어.

이미 몇 번이고 마음속으로 중얼거린 말을 가만히 입에 담는다. 지금부터 본인에게 이 말을 전하러 가야 한다.

학교를 나와 호노카의 집을 향해 자전거를 밟았다.

어쩐지 긴장되어 핸들을 쥔 손바닥에 땀이 배어 나왔다.

호노카의 집은 고지대에 있다. 전통적인 일본가옥으로 툇마루에서 정원 너머로 해안선이 내려다보인다. 호노카는 그 툇마루에서 바다 너머를 바라보고 있었다.

호노카는 대단한 여자아이다.

평소에는 자전거에서 내려 걸어가는 비탈길을, 오늘은 고집을 부려 패달을 밟아 올라갔다. 체육 시간 말고는 변변히 움직이지 않는 종아리의 근육이 빨리도 비명을 지르기 시작한다. 숨이 차고 목구멍에서 쌕쌕 소리가 났다. 등에서 땀이 나 매우 기분이 나쁘다.

그래도 자전거에서 내리고 싶지 않았다. 이대로 비탈길을 다 올라가면 제대로 사과할 수 있을 것 같았다. 그리고 언덕 위에서 보이는 경치도 평소와 조금 다를 것 같다.

연이어 포기하고 싶어지는 순간들을 극복하고, 겨우 비탈길을 다 올라왔다. 관자놀이에서 땀방울이 흘러 머리카락 뭉치가 뺨에 달라붙는다.

"왜 이런 짓을 했을까."

숨쉬기가 괴롭고 자전거에서 내린 양다리가 부들부들 떨렸다. 그래도 기분은 나쁘지 않았다.

조금 쉬며 호흡을 가다듬고 호노카의 집 문을 넘는다.

벨을 누르자 호노카의 어머니가 나왔다.

"저기, 저예요. 마유예요. 호노카의 병문안을 왔어요."

"어머, 여기까지 와 줬구나."

아주머니는 조금 놀란 뒤에 미안해하며 말했다.

"그 아이, 조금 열이 내렸다 했더니 해변공원에 간다고 뛰쳐나갔어. 미안하구나."

"네? 괜찮은 거예요?"

"으응, 열은 내렸으니까 얌전히 쉬고 있었으면 마유와도 만날 수 있었을 텐데. 그 애는 없지만, 들어와서 주스라도 마시고 가렴."

"아, 아니요. 저, 해변공원에 가 볼게요! 감사합니다."

"그래? 하지만 힘들지 않——."

아주머니의 목소리를 뒤로하고, 나는 한 번 더 자전거에 올라탔다.

이번에는 내리막이다. 빠르다. 우리가 고등학교에서 보낸 2년이 넘는 시간만큼 빠르다. 풍경이 획획 스쳐 지나가는 바람에 중간에 무서워져 브레이크를 밟았다. 시간도 이런 식으로 조절할 수 있다면 좋겠지만, 그럴 수는 없다.

계속 쇼핑몰만 바라보고 있었다. 하지만 그만큼 여러 가지를 못 보고 지나친 것 같다. 대신에 무언가 다른 것을 보고 있었다면 지금쯤 뭔가가 되고 싶다고 당당히 말할 수 있었을까?

——어쨌든 지금은 호노카에게 제대로 사과해야 한다.

비탈길을 내려가 곧장 해변공원으로 향했다.

방파제가 끊긴 곳에 자전거 한 대가 세워져 있다. 그 옆에 내 자전거를 세우고 슬며시 공원으로 이어지는 계단을 내려갔다.

호노카는 저번과 같은 벤치에 앉아 있었다. 5월치고는 조금 두꺼운 파카를 입고 또 바다를 바라보고 있다.

순간 목이 메어 왔지만, 그래도 눈 딱 감고 말을 걸었다.

"호노카!"

등이 움찔거리고, 호노카가 뒤를 돌아보았다.

"마유, 놀랐잖아. 나 마침 마유를 만나러 갈 생각이었어."

코맹맹이 소리다. 나도 모르게 한숨이 나온다.

"무슨 소리를 하는 거야? 감기에 걸렸는데 이렇게 돌아다닐 때가 아니잖아."

"이제 괜찮아."

호노카가 태평하게 웃으며 벤치에서 일어섰다.

서로 천천히 다가간다.

"저기." "그러니까."

목소리가 겹치고 둘 다 입을 다물었다.

다시 한번 눈앞에 선 친구의 얼굴을 바라보았다. 그 표정은 어느새 몹시 어른스러워져 있었다.

나는 호노카도, 아무것도 보고 있지 않았다.

숨을 크게 들이쉬며 말을 꺼낸다.

"나부터 말할게. 어제는 심한 말을 해서 미안. 그리고 무시해서 미안. 호노카는 조금도 나쁘지 않아. 번역가가 어울리지 않는다든가 무리라고 한 것도 거짓말이야. 반드시 꿈을 이룰 수 있을 거야."

"아, 그러니까, 응. 그런데, 어? 나 무시당했었구나. 때마침 셋이서 뭔가 이야기하고 싶은 것이 있나 보다 했지. 마유가 화가 났다는 건 알고 있었지만."

당황한 듯 웃는 호노카는 바보인지 어른스러운 건지 잘 모르겠다. 하지만 아마도 지금 한 말은 바보인 것 같다.

"미안. 정말로 미안."

"그만해. 마유는 전혀 나쁘지 않아. 친구에게 아무 말도 하지 않고 진로를 결정했으니까. 아, 내가 멋대로 친구라고 생각하고 있었는지는 모르겠지만."

아직도 그렇게 생각하고 있었다는 것에 가슴이 뜨거워졌다. 왠지 평생 호노카에게는 이길 수 없을 것 같은 느낌에 조금 분하다.

천천히 얼굴을 들자 호노카가 나를 똑바로 쳐다보고 있었다.

"저기, 말이야. 이번에는 내가 말해도 될까?"

말없이 고개를 끄덕였다.

"마유는 이 바다가 어디로도 이어져 있지 않다고 했지만, 역시 나는 그렇지 않다고 생각해. 이 마을의 바다도 여러 곳과 이어져 있지 않을까. 아닐지도 모르지만, 나는 그렇게 믿고 싶어."

호노카에게는 분명히 그렇다고 생각한다.

"나, 호노카를 응원할게. 호노카에게는 확실히 바다가 준비되어 있는걸. 어딘가로 자유롭게 흘러가는 바다."

내가 긍정하자 호노카가 강한 시선으로 나를 바라보았다.

"나만이 아니야. 내가 이런 말을 하는 것이 이상할지도 모르지만, 나는 마유가 그렇게 생각했으면 좋겠어."

"하지만, 나는──."

호노카처럼 하고 싶은 것도 없고, 특기도 없고, 할머니는 손주가 예뻐서 그렇게 말해 주었지만, 손재주도 취미 수준이고. 조금 센스가 좋은 아이는 분명 지천에 널렸다.

호노카가 말을 이었다.

"나도 역시 교실이나 쇼핑몰에 있으면 가끔 자신이 없어질 때가 있으니까. 그럴 때 항상 이 바다를 보고 용기를 얻어. 너는 자유야, 무엇을 해도 어디에 가도 괜찮아, 라고 말해 주는 것 같은 기분이 들어서."

"응."

지금이라면 호노카의 말을 솔직하게 들을 수 있다. 하지만 그것이 내게도 해당하는 말이라고 순순히 받아들일 수는 없었다.

"그러니까 마유도 그렇게 믿어 봐."

호노카가 슬며시 손바닥을 나에게 내밀었다. 그 위에 반짝반짝 빛나는 것이 놓여 있었다.

"그건——."

"이렇게 예쁜 걸 바다에 버리면 안 돼."

"이거, 어떻게——?"

호노카의 손바닥에 그 바다를 담아 놓은 펜던트가 있었다. 그때 분명히 파도에 휩쓸려간 것을 보았는데.

설마 호노카——.

"바다 속에서 찾은 거야?"

"응. 아, 하지만 전혀 힘들지 않았어. 마침 모래 부근에 꽂혀 있어서 금방 찾았거든."

"바보네. 아무리 따뜻해졌다고 해도 아직 바다는 차갑잖아."

나에게 실컷 심한 소리를 들어 놓고, 그런데도 양말과 신발을 벗고 필사적으로 펜던트를 찾는 호노카의 모습이 떠오른다. 부드러우면서도 고집스러움이 느껴지는 상상 속의 옆모습이 정말로 호노카답다.

이러면 정말로 이길 수 없잖아. 나는 장점이 아무것도 없는데.

가냘픈 손바닥에서 펜던트를 받는다.

석양을 반사하는 펜던트가 처음보다 더욱 아름답게 빛나
보였다.

돌아왔구나. 어디론가 이어져 있는 자유의 바다. 넓은 바
다. 나를 가둔 바다가 나에게로 다시 돌아왔다. 호노카가
가지고 돌아와 주었다.

가슴이 찡하고 뜨거워져 호노카에게 무언가 말하려고 고
민하다가 겨우 입을 열었다.

"고마워. 이거 굉장히 소중한 것이었나 봐."

쥐고 있기만 해도 마음이 가벼워진다.

"이 펜던트는 바다잖아."

"응."

고개를 끄덕이자 호노카가 파도의 끝으로 시선을 돌렸다.

"그거 굉장히 멋진 부적이라고 생각해. 어디도 갈 수 없고
아무것도 될 수 없다는 생각이 들 때, 분명히 그 펜던트의
바다가 위로해 줄 거야."

"하지만——."

"하지만, 금지! 그 펜던트가 발견되어 지금 마유의 손 안
에 있는 것은 분명히 의미가 있다고 생각해. 만약에 필요가

없는 것이었다면 그대로 파도에 휩쓸려 가지 않았을까?"

"의미가 있을, 까?"

문득 '이 상자에서는 인생을 바꿀 무언가가 나옵니다.'라고 쓰여 있던 말이 떠올랐다.

나는 알아차리지 못한 사이에 찾고 있었던 것이 아닐까. 어디론가 이어져 있는 바다를——인생을 바꿀 출구를.

그런 생각이 들자 왠지 목구멍에 큰 덩어리가 걸린 것 같아서 오히려 말이 없어졌다.

하지만 최선을 다해 목소리를 짜낸다.

"호노카가 그 펜던트를 찾아서 돌려준 것에 의미가 있겠지. 나는 바다를 찾고 있었나 봐. 가고 싶은 곳이 있으면 그곳에 갈 수 있을까?"

"가고 싶은 곳이 있어?"

곧장 물어왔지만, 아직 말할 용기가 없다. 왜냐하면 너무나도 꿈다워서 어린아이 같은 느낌이 들었으니까.

그래도 좀 더 학교라든지 여러 가지를 알아보고, 자료를 모아보면 어쩌면——.

호노카가 애가 타는 듯이 달라붙는다.

"갈 수 있어, 틀림없이."

"갈 수, 있을까?"

우리는 바닷바람을 맞아 몸이 완전히 차가워져 있었다. 하지만 서로의 체온이 전해져 와서 어쩐지 계속 울음이 나왔다.

"이럴 때, 보통 바다를 향해 소리를 지르던가?"

"그럴래?"

"무리, 절대로 못 해."

우리는 이 평범한 마을에서 태어나고 자란 평범한 고등학생이어서, 이런 일생일대의 화해를 한 날에도 그렇게까지 흥분되지는 않는다.

하지만 서로 끌어안으며 바라본 우리 마을의 바다는 매우 아름다워서 펜던트에 지지 않을 만큼 투명해 보였다.

"저기, 말이지. 비웃을지도 모르지만——."

정신을 차리자 조용히 이야기를 꺼내고 있었다. 호노카가 나를 가만히 바라본다. 이 아이라면 비웃지 않는다. 나 스스로가 비웃고 싶어지는 생각이라도 분명 들어준다.

그 뒤로 우리는 미래에 대해 몇 번이고 몇 번이고, 처음 방문한 곳의 지도를 확인하듯 이야기를 되풀이했다. 그리고 근래 며칠을 메우는 것처럼 많이 웃었다.

갑자기 호노카가 자리에서 일어섰다.

석양이 매우 빠른 속도로 바다에 가라앉았고, 호노카는 그쪽을 보며 크게 숨을 들이쉬었다.

"잠깐, 설마 할 거야?"

내가 다급히 일어서자, 호노카가 부드럽게 웃으며 지금까지 들은 적 없는 큰 소리로 바다를 향해 외쳤다.

"우리는 자유다──! 뭐든 될 수 있다──! 마유도 가고 싶은 곳에 갈 수 있다──. 힘내, 마유! 힘내라──! 힘내라──! 마유!"

"잠깐, 그만해."

"자, 마유도 소리 지르자. 기분 좋다니까."

그렇게 부추기는 호노카의 얼굴이 정말 즐거워 보였고, 이제 어떻게 되든 좋다는 생각이 들어서 나도 결국 외치고 말았다.

"우리는 자유다──! 마음에 자유로운 바다를 가지고 있다──! 누구도 우리를 가두지 못해──!"

그리고 둘이서 석양을 향해 달렸다. 발이 꼬여 모래사장에 넘어질 것 같았지만, 파도의 끝까지 달려서 신발이 축축하게 젖어도 만족할 때까지 계속 소리쳤다.

기분이 상쾌해지자 정말로 미래는 어디로든 이어져 있는 것 같았다.

단지 그 결과, 둘 다 완벽히 감기에 걸려 다음 날 함께 학교를 쉬게 되었지만——.

진로 희망 종이는 아직 새하얗다. 하지만 이제 조금만 제대로 알아보면 메꿀 수 있을 것이다.

초조하지 않다면 거짓말이지만, 막다른 곳에 있는 것 같은 기분이 들면 펜던트를 꺼내 햇빛에 비춰 본다.

펜던트의 안에 확실하게 존재하는 바다가 나에게 가르쳐 준다.

나는 어디든 갈 수 있다. 나는 자유다.

어디선가 파도 소리가 들려온다. 그대로 눈을 감으면, 작지만 마음에 드는 배를 타고 유유자적하게 노를 젓는 나의 모습이 떠오른다.

푸른 장미의 손수건 ── 요시카와

너, 조금 색다른 여행을 다녀왔구나.

진찰실의 의자에 앉아 이 손수건을 볼 때마다 그렇게 말을 걸고 싶어진다.

아내 나즈나는 항상, 이 훌륭한 푸른 장미 자수는 초보자가 아니라 틀림없이 이름 있는 아티스트가 수놓은 것이라고 말하지만, 글쎄, 어떨까.

어느 쪽이든 이 손수건은 나의 청춘이자 좌절이며 동시에 희망이기도 한 추억의 물건이다.

지금은 나뿐만 아니라 이 병실을 방문하는 난치병 어린이들의 빛이 되었다.

자, 푸른 장미 손수건의 이야기를 해 보자.

* * *

창문 바로 밖에는 옆집의 건조대. 그 맞은편에는 상경한 지 2년 만에 비온 뒤의 죽순처럼 빌딩이 늘어나, 도쿄타워의 꼭대기가 간신히 얼굴을 빼꼼 내밀고 있다.

2월의 오전 3시. 내뱉는 숨은 하얗고, 하늘은 아직 어두운 밤이다.

나는 발소리를 죽이며 작은 집에서 나와 낡은 아파트의 계단을 내려간다. 이제 곧 도쿄의 거리는 밤이 끝나고, 잠에 드는 사람들과 아침을 맞는 사람들이 꿈과 현실을 교대한다.

이 바쁜 거리는 이 시간만 일절 호흡을 멈추듯 조용해진다. 이 세계를 알고 있는 것은 오로지 나와 별들뿐.

나는 이 시간이 가장 좋다.

조용히 가라앉은 공기가 지배하는 거리를, 녹이 슨 자전거를 타고 아르바이트하는 신문 배달소로 향한다. 후우후우 매우 규칙적이고 건강한 호흡소리만이 나의 재산이다. 낮에도 배달원에게 나누어 준 점퍼를 애용하기 때문에 소매에 구멍이 뚫리려고 했다. 그렇지만 새로운 점퍼를 살 여유는 없다.

나는 전형적인 고학생이다. 대학의 의학부를 6년 만에 졸업하기 위해서, 어머니가 친척 아저씨에게 머리를 숙여 빌린 돈과 고향에서 받은 장학금, 그리고 신문 배달과 중화요리점 아르바이트로 어떻게든 생활비와 월세를 충당하고 있다.

좁은 골목을 빠져나간 지름길을 통해, 서둘러 근처의 신문 배달소에 갔다. 다른 계절이라면 골목 여기저기에서 식물 화분을 볼 수 있겠지만, 겨울에는 완전히 모습을 감춘다. 사람의 기척도 거의 느낄 수 없어서 매우 오래전에 버려진 거리 같았다.

큰 길로 빠질 때쯤 되자, 겨우 차와 지나가는 사람들이 보인다. 길 너머에 주욱 자전거가 늘어서 있는 곳이 내가 아르바이트 하는 신문 배달소이다. 아파트와 비슷한 정도로 낡은 판잣집 같은 건물 안에 이미 아르바이트 몇 명이 모여 있었다.

"안녕하세요."

"요시카와, 좋은 아침. 오늘도 잘 부탁한다."

아저씨에게 오늘 분의 신문을 받고, 가게 안을 둘러보았다.

아르바이트를 오는 사람들은 여러 가지 사정이 있지만, 나와 같은 고학생들도 적지 않다. 남자만이 아니라 여학생도 한 명 있다. 이름은 타카츠 나즈나라고 한다. 잡초 나즈나(냉이)처럼 가련하고, 나즈나의 잎에서 소리가 나는 것처럼 작게 웃는다.

"타카츠 씨, 안녕하세요."

"안녕하세요."

그녀의 대답으로 그때서야 나의 아침이 시작된다.

바쁜 생활로 다른 학생들처럼 음악에 빠지거나, 정치 문제에 대해 이야기하거나, 술집이나 유행하는 가게에 놀러 갈 여유는 없다. 힘들겠다든가, 열심히 하네 같은 말을 들을 때가 많지만, 최근 2년간 나는 의외로 행복했다.

졸업하고 의사가 되는 그날에는 어머니를 편하게 해 드

릴 수 있고, 또 어린 남동생을 죽음으로 몰고 갔던 병과 싸울 수 있다. 나의 가슴에는 희망만이 가득하고, 나즈나 씨의 사랑스러운 인사에 애를 태우며 하루를 시작한다. 그 뒤에는 수업에 나가고, 중화요리점에서 아르바이트를 하고, 집에 돌아와 한밤중부터 공부하고, 짧은 수면을 취한 뒤, 또다시 신문 배달을 하기 위해 집을 나서는 것이 일과였다. 졸음이 가득한 채 배달용 자전거로 갈아타고, 신문지 한 상자를 싣고 페달을 밟는 것도 싫지 않았다.

하지만 그것은 반년 전까지의 이야기다. 최근 나의 마음에는 두꺼운 구름이 덮였다.

학생들의 방해 때문에 대학에서 강의를 들을 수 없는 이상 사태가 계속되고 있기 때문이다.

오늘도 대학은 전부 휴강일까.

친척 아저씨가 학비를 빌려줄 때의 조건은 반드시 6년 안에 졸업하고 국가고시에 합격해서 의사가 되는 것이었다. 그러나 이렇게 강의 자체가 계속 휴강되면 6년 안에 졸업할 수 있을지 장담할 수 없다.

다른 학생들이 어떤 이상을 좇고 있는지는 모르지만, 내

입장에서는 부모의 돈으로 대학에 들어온 철부지들의 놀이로 보였다. 학업을 내팽개치고 시간을 낭비하며 울적한 정신을 연극 소품처럼 이상으로 꾸미고, 어른들에게 화풀이하고 있는 것으로밖에 보이지 않는다. 이상을 좇는다면 조용히 다른 사람에게 방해되지 않게 좇으면 된다. 억지로 밀어붙이는 것은 종교를 끈질기게 권하는 것과 똑같다.

자전거를 밟는 발에 나도 모르게 힘이 들어간다. 페달이 끼익 끼익하고 험악한 소리를 내며 돌아갔다.

아르바이트를 끝내고 캠퍼스에 가 보니 아니나 다를까 오늘도 수업은 한 시간뿐이었다. 게다가 본과목과는 거의 관련이 없는 일반교양에 속하는 수업이다.

나의 귀중한 시간이 학생들의 실체 없는 이상론 탓에 또 줄어든다. 큰 교실에도 불구하고 강의에 출석한 학생은 나를 포함해 다섯 명밖에 없었다.

차분하게 진행되는 강의는 문화인류학에 대한 것으로, 신문을 배달한 뒤에는 강렬한 졸음이 밀려온다. 그래도 눈꺼풀을 열고 필기를 하고는 우울한 기분으로 교실을 나왔다.

"어이, 너."

매우 활기찬 목소리가 들려 뒤를 돌아보니 강의를 같이 들었던 긴 머리카락의 학생이 생글생글 웃으며 서 있었다. 지금까지 이야기한 적 없는 상대다.

"나 말이야?"

"그래, 너. 그러니까——."

"요시카와인데."

"요시카와구나. 나는 나가세다. 실은 지금 강의에서 필기를 놓친 부분이 있어서 말이지. 뻔뻔하다는 건 알지만, 노트를 빌려줄 수 없을까?"

나가세는 머리를 긁적이면서 어쩐지 미워할 수 없는 웃음을 지으며 부탁했다. 아마도 중간에 잠이 들어 버린 것이라는 생각에 조금 불쌍해졌다.

"괜찮아. 어차피 오늘 강의는 이것뿐이니 근처에서 적당히 베끼고 돌려주면 돼."

"고마워. 보답으로 커피 어때?"

"아니, 됐어. 이런 정도로."

"그럴 수는 없지. 보답하게 해 줘. 솔직히 최근 학교 내의 분위기가 좋지 않아서 말이야. 별로 오래 있고 싶지 않아. 마침 근처에 재즈 카페가 있는데 커피가 꽤 맛있으니까 요시카와만 괜찮다면 그곳에서 어때?"

재즈 카페라는 말을 듣고, 약간이지만 마음이 움직였다. 절약 생활을 하다 보니 카페 같은 곳은 다른 학생들의 이야기에서 듣는 것 외에 연이 없었다. 게다가 재즈에도 완전히 문외한이지만, 그래도 재즈 카페라는 곳에는 흥미가 동했다.

"그럼, 갈까?"

나가세가 망설임 없이 걷기 시작했다. 나가세에게서 희미하게 풍기는 담배 냄새가 나를 유혹하는 것 같았다.

평소 같으면 자습하는 시간이지만, 가끔은 괜찮지 않을까. 다행히 커피 값도 상대방이 부담한다. 애초에 어차피 수업도 없고.

흔들흔들.

나가세 쪽으로 한 발을 내디디자 그 뒤로는 자연스레 온

순한 개처럼 그의 뒤를 따라갔다.

 담배 연기가 자욱한 공간에 심각한 표정의 남자들이 눈을 감고 음악에 빠져든다.

 내가 상상한 재즈 카페는 대충 이런 곳이었지만, 나가세가 나를 데리고 온 〈재즈 카페 마일스톤〉은 조금 달랐다.

 평범하게 대화가 들리고, 큰 웃음소리도 난다.

 그렇게까지 본격적인 가게가 아니라고 혼자서 생각하고 있는데, 나가세가 사실은 유명한 가게라고 귓속말을 했다. 전국에서 전문가들이 뻔질나게 다닐 정도라고 한다.

 이 캐주얼한 분위기의 가게가?

 나가세가 나의 혼란스러움을 느꼈는지 자리에 앉자마자 종이로 만 담배를 꺼내면서 웃으며 가르쳐 주었다.

 "이곳은 1층과 2층의 손님이 나뉘어 있어. 1층은 솔직히 말하면 이야기하는 공간이고, 전문가들이 바보 취급하는 쉬운 재즈가 연주돼. 2층은 잡담 금지로 점잔 빼는 공간이지. 그들이 좋아하며 듣는 난해한 재즈 전문 플로어야."

 나가세가 종이로 만 담배를 문 채로 윙크를 날린다. 멋있는 척하는 동작이라고 생각하고 있었지만, 역시 어딘가 미워할 수 없는 매력이 있었다.

"아이스커피 괜찮아? 뜨거운 걸로 할래?"

"뭐든 좋아."

솔직히 어느 쪽이든 익숙하지 않아서 고르라고 해도 곤란하다.

나가세는 고개를 끄덕이고 카운터 너머의 점원에게 손가락으로 눈을 가리켜보였다. 과연 눈을 가리키니까 아이스커피인가.

어두운 가게 안이나 익숙하지 않은 동작에 어깨에 자연히 힘이 들어간다. 활기찬 보컬은 누구일까.

잠시 뒤 가늘고 긴 유리잔을 날라 왔다. 마스터로 보이는 남성은 베스트 차림에 콧수염을 기르고 담배를 문 멋쟁이였다.

"드십시오."

나는 완전히 기가 죽어서 말없이 고개를 숙였다.

이곳은 아마도 신문 배달로 헤진 점퍼 차림으로 오면 안되는 곳이다.

나가세가 노트를 베끼는 동안, 나는 할 일 없이 멍하니 아이스커피의 빨대를 손가락으로 가지고 놀았다. 담배 연기와 빠른 템포의 재즈 소리에 머리가 어질어질해서 조금 두통까지 일었다.

"세르지오 멘데스 앤 브라질 66이야. 2층에서는 절대로 연주하지 않을 정도로 굉장히 유명하지."

한순간 주문이라고 생각했지만, 아무래도 지금 흘러나오는 재즈의 아티스트 이름인 것 같다.

그 뒤로도 나가세는 노트를 베끼거나 때때로 말을 걸어오는 사람과 이야기를 하고, 그러는 동안 나는 익숙하지 않은 공간에서 몸이 굳어갔다.

넉넉잡아 30분 정도 지났을까. 재즈 카페에 따라온 것을 후회하고 있을 때였다. 이마 정중앙에서 가르마를 탄 긴 머리카락에 입술에는 새빨간 립스틱을 바른 화려한 생김새의 여자가 테이블 옆에 섰다. 잡지에서 빠져나온 것 같은 늘씬한 모습이다.

"역시 여기에 있었구나."

여자는 나가세를 노려보며 팔짱을 끼고 있다. 나가세는

그 여자를 바라보지도 않고 앞머리를 쓸어 넘겼다.

"요우코인가? 오늘은 바쁘다고 했잖아."

"어차피 대학에서 제대로 강의도 하지 않잖아. 뭐가 그렇게 바쁜 건데. 아니면 저 시시한 녀석들과 함께 놀기라도 할 생각이야?"

처음으로 나가세가 얼굴을 들었다.

"그만둬. 나는 이쪽 젊은이와 진지하게 강의를 듣고 지금도 이렇게 필기를 하고 있어. 보면 몰라? 재즈 카페의 조명이 나의 반딧불이자 눈빛이야."

"형설지공이라니 어처구니가 없네. 휴대전화라도 만지작거리는 줄 알았지."

요우코라고 불린 여자가 옆자리에서 의자를 끌고 와 나가세의 어깨에 몸을 기대듯이 앉았다. 아무래도 그의 여자 친구인 것 같다.

"어이, 제대로 인사해."

나가세가 기분 나쁘게 명령하는 말을 듣고, 요우코라고 불린 여자가 나를 바라보았다. 그 눈동자는 빨려 들어갈 듯 커다랗다. 긴 속눈썹이 몇 번 깜박였다.

"나는 니시노 요우코. 요우코라고 불러. 같은 대학 1학년. 너는?"

"저는 2학년 요시카와라고 합니다."

"어머, 연상이네. 틀림없이 막 상경한 1학년일 거라고 생각했어."

요우코가 나의 차림새를 빤히 쳐다보며 악의 없이 말하고 담배를 꺼내 불을 붙였다.

세간에서는 이런 여자를 미인이라고 할지도 모르겠지만, 나는 그렇게 생각하지 않는다. 내가 생각하는 미인이란 나즈나 씨처럼 화장기 없고, 그저 그곳에 있는 것만으로도 눈길을 사로잡는 사랑스러운 사람이다.

"저기, 당신은 그 바보 같은 축제에 참가하지 않는 거지?"

요우코가 나의 눈을 들여다보았다.

"나는 공부가 하고 싶어서."

"요시카와가 그런 녀석들과 어울릴 리 없잖아."

"재미없어. 세상에는 더 재미있는 것이 얼마나 많은데 정치를 바꾸려고 하다니——. 애초에 진심으로 학생이 정치를 바꿀 수 있다고 생각하고 있는 걸까?"

나는 두 사람의 발언에 적잖이 놀랐다.

많은 학생이 열기에 사로잡혀 행동하고 있다. 참가는 정의이고 참가하지 않는 것은 태만, 또는 가벼운 사람이라는 분위기이다. 운동에 참가하는 학생들을 공공연히 야유하는 학생은 드물다. 적어도 나는 처음 만났다.

동지를 발견한 것 같아서 왠지 기뻤다.

머릿속 어딘가에서 요우코를 화려한 난봉꾼이라고 생각하던 나 자신이 부끄럽다.

"정말로 세상을 바꾸고 싶다면 지금이야말로 열심히 공부하고, 세상에 나가서 합당한 자리를 얻어야 하는 거지. 녀석들이 하는 것은 집단 감기 같은 거야. 정말로 신념을 가지고 있는 녀석이 몇 명이나 될지."

이번에는 나가세를 찬찬히 쳐다보았다. 솔직히, 내가 그도 얕보고 있었다는 것을 깨닫고 더욱 부끄러워졌다. 부잣집 방탕아. 운동에 참가할 정도로 열의도 없고, 재즈 카페에 빠져 아무것도 하지 않는 가벼운 패거리. 멋대로 그런 식으로 분석하고 깔보고 있었으니까──.

나는 지은 죄가 있어서 열심히 대답했다.

"정말 맞는 말이라고 생각해. 나도 제대로 공부하고 세상에 나가는 것이야말로 좀 더 나은 세상을 위해 필요한 것이자 우리가 해야 할 일이라고 생각해."

"어머, 의외로 제대로 생각하고 있네. 당신이 옳아."

요우코가 기특하다는 표정으로 고개를 끄덕인다.

가슴속에 맺힌 감정을 제대로 받아들여 준 것에 감동했다. 애당초 대학을 다니기 시작하면서 이런 식으로 나의 마음을 털어놓을 학우와 만난 적이 있었던가.

"좋아, 오늘은 우리의 이상적인 미래를 위해서 이야기를 나눠 볼까? 자, 지금부터 신주쿠에 가자. 싸고 좋은 술집이 있다고."

나는 나가세의 권유에 크게 고개를 끄덕이려다 제정신이 들었다. 가령 아무리 싼 술을 파는 가게라고 해도 나에게 술집에서 쓸 돈은 없다.

"미안. 나는 이만 실례할게."

"어머, 설마 돈을 걱정하는 거야? 괜찮아, 내가 낼 테니까."

나는 요우코가 내뱉은 담배 연기를 정통으로 마시고 콜록거렸다.

"어이, 요우코, 조심해."

나가세가 주의를 준 후 장담한다.

"요우코는 머릿속은 텅텅 비었지만, 돈은 엄청나게 많지. 아버지가 부르주아 중의 부르주아니까. 걱정하지 말고 축배를 들자. 우리가 만난 기적에 말이야."

가게 안은 이름도 모르는 허스키한 여성의 노랫소리가 나른하게 흐르고 있다.

나는 말없이 나가세와 요우코에게 고개를 끄덕였다.

*

탕탕 울리는 것이 밖에서 나는 공사 소음이라고 생각했는데 나의 관자놀이였던 모양이다. 천천히 꿈에서부터 의식이 떠오른다.

어제는 나가세와 재즈 카페에 가서, 중간에 합류한 요우코라는 여자와 신주쿠의 작은 가게에서 싼 술을 마시며 이야기를 나누고—— 그리고 어떻게 된 것일까.

창문 밖은 아직 어둡다. 알람시계를 보니 3시도 되기 전이었다.

"으음——."

옆에서 담배 냄새가 났다. 시선을 돌리자 긴 머리카락이 시야에 들어온다. 시야에—— 뭐라고!?

나는 얇은 이불에서 펄쩍 뛰었다. 동시에 여자의 등이 드러나서 다급히 다시 덮는다.

"무, 뭐, 뭐하는 겁니까?"

여자가 돌아보았다. 나의 관자놀이가 울리며 세상이 일그러져 보여서 나도 모르게 얼굴을 찡그렸다.

"어머, 좋은 아침."

여자는 요우코였다. 화장을 지운 요우코는 역시 눈이 크고 화려한 얼굴이었다. 갑자기 속이 불편해진 나는 방을 뛰쳐나가서 공중화장실에 들어가 성대하게 게워냈다.

술이란 것이 이렇게도 나쁜 것이었다니.

위 속에 든 것을 전부 토해낸 뒤, 잠시 세면대에서 한숨을 돌리고 입을 헹군다.

"웬일이야, 요시카와. 많이 마셨네."

세 칸 건너에 사는 학생이 말을 걸었지만, 대답할 기력도 없다. 그래도 어떻게든 비틀비틀 내 작은 방으로 돌아간다.

자, 저것은 꿈이다. 환상이다. 내 방에서 알몸의 요우코가 자고 있다니, 그럴 리가 없다.

그러나 잘 여닫히지 않는 문을 연 나를 맞이한 것은, 역시 요우코였다. 어느새 완전히 옷을 입고 화장도 원래대로 돌아왔다.

"어젯밤엔 즐거웠지."

빙긋 웃는 요우코에게 나는 숨을 몰아쉬며 겨우겨우 물었다.

"우리는, 그—— 무슨 일이 있었나."

"어머, 의외네. 많은 일이 있었잖아."

요우코가 곁눈질을 하며 담배에 불을 붙였다.

번쩍 정신이 들어 시계를 본다. 이미 신문 배달이 아슬아슬한 시간이다.

"미안하지만, 나는 나가 봐야 해. 너도 나가 주지 않겠어?"

"이 시간에는 아직 첫차도 다니지 않을 텐데."

"나는 너처럼 생활이 여유롭지 않아. 어쨌든 나가 주지 않으면 곤란해."

부루퉁한 요우코의 팔을 잡고 억지로 일으켜 세웠다. 뱉은 연기를 뒤집어써서 의도치 않게 구역질이 나온다.

"그만, 두지 않겠나."

요우코가 분명히 파랗게 질렸을 나의 얼굴을 보고 깔깔 웃는다.

아직 술기운이 남아 있는 것일까. 멈추지 않고 웃는 요우코를 문에서 떠밀고 나도 방을 나왔다. 요우코가 위태로워 보이는 발걸음으로 계단을 내려간다. 힐이 부딪히며 나는 큰 소리가 나의 관자놀이를 찌르듯 울렸다.

정말인가. 정말로 나는——.

도쿄의 거리는 나의 기억보다 어두워서 아무리 집중해 보아도 풍경이 뚜렷하게 보이지 않았다.

"안녕하세요."

신문 배달소에 도착하자 나즈나 씨가 웃어 보였다. 그 맑은 목소리에 나는 제대로 대답할 수 없었다.

말문이 막혀 그대로 시선을 돌린다. 눈이 마주치지 않아도 나즈나 씨가 당황한 시선으로 나를 바라보고 있는 것을 알 수 있었다.

도망치듯 배달용 조간을 받아 가게를 나온다.

이제 나에게는 그녀를 좋아할 자격이 없다. 그녀의 행복을 바라는 것마저 꺼림칙한 더러운 남자가 되어 버렸으니까.

*

혼란스러웠던 밤으로부터 2주가 지났다.

학교는 가시 섞인 듯 소란스러운 분위기가 만연하고, 여기저기서 미 · 일 관계에 대해 흥분하며 이야기하는 목소리가 울린다. 학생들이 플래카드를 붙이는 스프레이 냄새가 코를 찔렀다.

"시시해, 전부."

무심코 중얼거리며 멍하니 캠퍼스의 벤치에서 주변을 둘러본다.

전부의 안에는 나 자신도 포함되어 있다.

점퍼 주머니에 찔러 넣은 손은 장갑을 끼고 있어도 추워서 움츠러들었지만, 오히려 지금은 차가운 바람을 맞고 싶은 기분이다.

나는 의사가 될 것이다. 그것을 위해서라면 어떤 고생도 마다하지 않을 생각이었는데. 가장 중요한 강의를 들을 수 없다. 장래의 일은 전혀 생각하지 않는 것 같은, 우국지사인 척하는 학생들. 부모의 돈을 물 쓰듯 쓰고, 캠퍼스를 큰 놀이터로 착각하는 패거리들.

얼마 전이라면 그들을 모멸의 시선으로 바라보는 것에 아무런 망설임도 없었던 나였지만, 지금은 그럴 수 없는 사정이 있다.

2주일 전, 밤의 일이 역시 머릿속에서 떠나지 않는다.

사실은 내가 가장 형편없지 않나.

바보 같은 권유에 응하고 말았다. 재즈 카페 같은 곳은 가지 말아야 했다. 그날 이후, 신문 배달 아르바이트에서 나즈나 씨와 이야기도 하지 못하고 있다. 나 같은 남자가 그녀를 바라본다면 그 맑은 눈동자가 더러워질 것 같은 느낌이 들었다.

그녀의 인사에 대답하지 못하게 된 후에도 3일 동안은 "안녕하세요."라고 말을 걸어 주었다. 그러나 나흘째부터 역시 나즈나 씨도 나를 피하게 되었다.

내가 먼저 무시했으면서 가슴에서 삐걱삐걱 소리가 났다.

그러나 이것도 어쩔 수 없는 일이다. 묵묵히 견딜 수밖에 없다.

어쨌든 여성과 하룻밤을 보내고 만 것이다. 남자로서 마땅히 책임을 져야 하는가. 최근 2주일간 그렇게 고민했지만, 나가세도, 제일 중요한 요우코도 그날 이후로 캠퍼스에서 볼 수 없다.

요우코는 그날 밤의 일을 어떻게 생각하고 있을까. 아니면 그런 일은 그녀에게 별것 아닌 일일까.

그런 일이라고 해도, 나는 전혀 기억이 나지 않지만——.

최근 2주간 계속 사로잡혀 있는 생각 속에서 헤매고 있는데, 바라보고 있던 지면에 그림자가 드리웠다.

"오랜만이네."

그 목소리의 울림에 심장이 크게 뛴다. 느릿느릿 얼굴을 들자 변함없이 화려하게 화장을 한 요우코가 서 있었다.

가슴께가 넓게 파인 원피스에 샌들. 그 위에 두꺼운 양가죽 코트를 걸치고 있었지만, 추워 보였다. 이마에 가는 헤어밴드를 두르고 있다.

"너인가──."

겨우 나온 말은 짧았다.

요우코는 말없이 옆자리에 걸터앉고는 바로 담배에 불을 붙였다. 나도 모르게 얼굴을 찌푸린다.

"겨우 발견했어. 수업이 없으니까 너를 찾으려고 얼마나 걸었는지 몰라. 그 더러운 아파트에 가도 없고."

"아침 일찍부터 아르바이트가 있고, 밤에도 중화요리점에서 일해."

"흐응."

요우코는 관심이 없는 듯 맞장구를 치며 말없이 연기를 뱉어냈다.

저번에 만났을 때는 오히려 시끄러울 정도로 활기찬 여자라고 생각했는데, 오늘은 기분이 좋지 않은 듯 입을 다물고 있다. 어느 쪽이든 거북한 타입이다.

어디선가 또다시 스프레이 냄새가 풍겨오자, 요우코는 얼굴을 찡그리며 담배를 발치에 버리고 샌들로 불을 밟아 껐다. 한 입 정도밖에 피우지 않았으니 거의 그대로다.

또다시 침묵이 흘렀다.

내가 먼저 저번 밤의 일에 대해 말을 꺼내는 것이 좋을까. 아니면 그녀가 왜 나를 찾고 있었는지 묻는 편이 좋을까. 한심하게 정하지 못하고 있는 사이, 드디어 요우코가 입을 열었다.

"생긴 것 같아."

"뭐?"

저절로 그녀의 옆얼굴을 바라보았다. 한순간 무슨 말을 하는지 알 수 없었다.

"뭐가?"

묻는 목소리가 떨린다.

또다시 수 초간의 침묵. 어느새 심장이 몹시 두근거리기 시작했다.

"그러니까, 아이 말이야. 아, 정말 둘 다 실패해 버렸네."

요우코가 건성으로 던지는 말에 캠퍼스 전체가 색을 잃었다. 나는 새하얀 세계에 내던져져 벤치에 혼자 앉아 있다.

아니, 옆에는 요우코가 앉아서 나를 불쌍하게 바라보고 있다.

"아이라니, 그날 밤인가."

"그래. 그날 밤 외에는 없어. 타이밍이."

반사적으로 비열한 목소리가 머릿속 한구석에서 외친다.

──그건 정말로 나의 아이인거냐.

입이 열리려는 것을 겨우 참는다. 텔레비전의 드라마에서 형편없는 남자가 자주 하는 말을 자신이 잠깐이라도 생각하는 입장이 되다니.

나의 무언의 외침을 들은 것이다. 요우코가 인정사정없이 경멸의 눈길을 보내왔다.

"선량하게 보여도 당신 역시 그저 남자일 뿐이네. 알았어. 나 혼자서 어떻게든 할 테니까 그만 잊어도 상관없어."

요우코는 벤치에서 일어서서 원피스의 뒤쪽을 손으로 털고 떠나려고 했다. 가느다란 뒷모습이 멀어져 가는 것을 보고 겨우 정신을 차린다.

"기다려, 기다려 줘."

나는 다급히 뒤를 쫓아가서 요우코의 팔을 붙잡았다.

"뭐야."

"어떻게든 한다니, 어떻게 할 생각이지? 여자 혼자서는 당연히 무리일 텐데."

요우코가 잠시 나를 바라본 후 얄궂게 웃었다.

"물론 당연히 무리지. 지울 거야."

"지우다니, 설마 죽일 생각인가?"

"야단스럽네. 아직 세포 단계야. 앞으로 잘 자랄지 아닐지도 모르는 거잖아. 당신도 의학 공부를 하고 있다면 그 정도는 알 거 아니야."

살았다, 라고 생각하는 자신이 존재하지 않는다면 거짓말이다. 이대로 전부 잊어버리면 된다고. 하지만 그러면 나는 살인자가 되는 것이 아닐까. 중절이 나쁘다는 것이 아니다. 제대로 된 이유도 없이, 자신들의 실수였다는 것만으로 생명의 싹을 없애도 되는 것인가. 나는 그런 일을 하고도 장래에 의사라고, 아이들의 목숨을 구하고 싶다고 가슴을 펴고 말할 수 있을까.

정신을 차리자, 나는 거의 속삭이는 듯한 작은 목소리로 요우코에게 부탁하고 있었다.

"지우는 것은 안 돼. 내가 책임지게 해 줘."

요우코가 또다시 자지러지게 웃는다.

"바보네. 정의감을 내세울 곳이 틀렸어. 플래카드에 스프레이를 뿌리는 녀석들과 똑같아. 나는 말이지, 낳을 생각 없어."

"그런, 이유도 없이 중절이라니."

"조금이라도 책임을 지고 싶다면 중절 비용과 위자료를 줘. 몸이 상하는 건 나니까."

"아니, 그러면 안 돼. 안 되는 일이야."

"그럼 반대로 묻겠는데, 당신은 아이를 낳는 나의 시간을 어떻게 보상해 줄 거야? 나의 미래를 아이의 양육에 소비하는 책임을 어떻게 질 거지? 어디서 굴러먹은 놈인지도 모르는 고학생과 아이를 가졌다는 것이 알려지면 부모님의 실망을 만회할 수 있어?"

유감이지만, 어느 것 하나 자신을 가지고 장담할 수 없었다.

"나는 현실적인 책임을 제안한 거야. 이상만으로 밀어붙이는 학생을 경멸한 것은 너잖아?"

요우코가 캠퍼스 안의 이곳저곳에서 원을 그리며 모인 다른 학생들을 둘러본다.

확실히 나는 이상론만 내세웠을지도 모른다. 그녀의 상처를 보상해 줄 수 없을지도 모른다. 하지만 이렇게 갑자기 중절을 받아들일 수는 없다. 애초에 아이가 생겼다는 사실도 아직 제대로 받아들이지 못했다.

"조금만 더 시간을 줘. 너와도 더 이야기하고 싶다. 이것은 너만의 문제가 아니라 우리 두 사람의 문제이기도 하잖나."

요우코가 한숨을 쉬고 긴 머리카락을 쓸어 올렸다.

"좀 더 알기 쉽게 이야기해 줘야 하나. 당신, 의사가 될 생각이잖아. 아버지의 병원을 이을 철부지 도련님이라면 모르지만, 당신 같은 고학생이 어떻게 아이를 책임지며 4년 넘게 의학부에 다닐 수 있겠어."

잠시 호흡이 멈췄다.

나는 바보다. 아이가 생겼다는 사실로 머리가 가득 차서 자신의 중요한 목표를 완전히 잊고 있었다니.

요우코가 팔짱을 끼고 말했다.

"3일 뒤, 밤에 당신의 방으로 갈게. 그때 대답을 들려줘."

"아르바이트가 있으니 밤10시 이후가 아니면 없어."

"그건 상관없어."

요우코는 고개를 끄덕이고 나의 앞에서 떠나갔다. 발소리를 들으며, 저런 높은 힐을 신고 괜찮은 것인지, 담배를 피워도 괜찮은지 신경이 쓰였다.

저녁이 되어 공중목욕탕에 갔다. 오늘은 밤에 아르바이트하는 중화요리점의 정기휴일이다.

캠퍼스에서 요우코와 헤어진 후, 그녀의 '지울 거야' 라는 목소리가 몇 번이고 귓가에 되살아나 설탕처럼 나의 마음을 유혹했다.

지우도록 놔두면 되지 않나. 애당초 낳는 것이 그녀의 행복이 아니라면 어쩔 수 없다.

정의감을 내세울 곳이 틀렸다, 라고 했었나. 그 말을 듣고 보면 그럴지도 모른다. 아이를 죽이는 것에 대한 죄악감,

그것이 나의 자기 주장일 뿐이라면——.

마음속 깊은 곳에 그런 변명이 소용돌이치고 있다. 그러나 그 순간이 지나면 이런 생각도 든다.

안 된다, 안 된다, 안 된다. 작은 생명을 우리 마음대로 빼앗다니. 좀 더 살고 싶다고 바라던 남동생에게 변명도 할 수 없다. 나는 작은 생명을 구하기 위해 의사가 되기로 했다.

아무리 생각해도 머릿속이 뒤죽박죽이라 어떻게 하면 이 사고의 미로에서 벗어날 수 있을지 모르겠다. 탕에라도 들어가면 머릿속도 조금 정리될지 모른다고 큰 결심을 하고 집을 나왔다.

평소에는 아파트 공용 주방의 싱크에서 몸을 씻기 때문에 이것은 매우 사치스러운 일이다. 나에게 공중목욕탕은 신문을 배달할 때 지나치는 풍경에 지나지 않는다.

10분 정도 걸어서 제일 가까운 공중목욕탕에 도착하자 입구 옆에 이상한 것이 놓여 있었다. 나도 모르게 시선이 고정되었다.

오늘 아침 신문을 배달하며 지나갈 때에는 없었던 금속제의 상자가 놓여 있었다. 자동판매기처럼 직사각형이지만, 가로도, 세로도 그 절반 정도였다. 주스 종류가 진열되는 유리 부분은 없고, 대신 몸통의 상부에 손잡이가 달려 있을 뿐이다.

몸체 부분에 종이가 붙어 있었다.

『이 상자에서는 인생을 바꿀 무언가가 나옵니다.』

인생을 바꾼, 다고?

주변에는 아무도 없다. 나는 살짝 그 상자 곁으로 다가갔다.

도대체 이것은 무엇일까. 상자의 밑부분에 자동판매기의 꺼내는 구멍 같은 공간이 있다. 상자의 옆에는 파이프 의자가 놓여 있었지만, 아무도 앉아 있지 않았다.

쪼그려 앉아 좀 더 자세히 들여다보려고 했을 때, 목욕탕의 포렴을 젖히고 안에서 여자가 나왔다. 젖은 머리카락을 대충 뒤로 묶은 채로 여자가 이쪽으로 다가오더니 파이프 의자에 앉아 미소를 지어 보였다.

"손님이었네. 많이 기다렸지?"

여자의 말에 모호하게 미소를 지으며 일어섰다.

"아니요, 저는 이것이 무슨 상자인지 잠깐 살펴보았을 뿐——."

나이는 어머니보다 조금 아래, 정도일까? 화장도 하지 않았는데 요우코에게 지지 않을 정도로 입체적인 생김새였다.

최근 여자가 말을 걸면 엄청난 일이 벌어진다. 나는 자연스럽게 경계하며 그 장소를 떠나려고 했다.

"기다려. 당신, 지금 인생을 바꾸고 싶다고 생각했지?"

여자가 팔을 붙잡았다.

"네? 아니, 별로——."

이 과장된 문구를 붙여 놓은 것으로 보아 혹시 정신이 조금 불안정한 것인가, 이 여자는.

내가 서둘러 또 한 발을 내디딘 것에도 굴하지 않고, 그녀는 팔을 붙잡은 채 말을 이었다.

"이 상자는 말이지, 손잡이를 돌리면 좋은 것이 나와."

그 말을 들어도 도저히 믿을 수 없다. 투명하지도 않고 안에 무엇이 들어 있는지도 전혀 알 수 없지 않은가.

여자의 맥락 없는 말에 어쩐지 머리가 어질어질하다. 그

렇지 않아도 나의 일로 벅찬데 이런 여자에게 낭비할 시간
은 없었다.

"이만. 저는 목욕탕에 가야 해서."

이번에야말로 빠른 걸음으로 떠나려고 했을 때였다. 여자
가 묘하게 세상물정에 밝은 느낌으로 고개를 끄덕였다.

"어머, 나는 상관없어. 당신이 인생의 구렁텅이에 빠져
있든 말든."

"구렁텅이에 빠져 있다니――."

나도 모르게 발이 멈춘다.

"그래. 당신 얼굴이 그런걸. 소중한 것을 잃어버리기 직
전의 사람은 모두 같은 표정을 하고 있지."

"그런 일은――."

있다. 갑자기 가족이 늘어나려고 한다. 그 대신 꿈을 잃어
버리기 직전이다.

여자를 향해 말하려다 역시 그만두었다. 관계없는 상대에
게 무슨 말을 하려는 것인가, 나는.

입을 다문 나를 보고 무엇을 착각했는지, 여자가 한 번 더
몰아붙인다.

"당신, 힘들어 보이니까 특별히 삼백 엔에 해 줄게."

"삼백 엔이라고!? 공중목욕탕을 2주간은 다닐 수 있는 금액이잖아."

내가 얼마나 큰맘 먹고 이곳에 왔다고 생각하는 거야. 농담이 아니다.

"어머, 또 빈곤한 학생이라도 붙잡았나 보네. 이것 참, 나는 정말로 운이 없어."

여자가 멋대로 말하며 눈썹을 팔자로 만들었다.

"그건 이쪽이 할 말입니다."

귀중한 시간을 쓸모없는 대화에 소비했다.

어차피 삼백 엔의 반의 가치도 없는 잡동사니가 나올 것이 분명하다. 빨리 자리를 피하자.

"도대체 그 젊은 나이에 무엇을 잃어버리려는 상황인 거야?"

"그러니까 아무것도 잃어버린 것은──."

여자가 재미있다는 표정으로 나를 관찰하고 있다. 자신의 일이 아니라고 해도 무례한 여자다.

"당신에게 말할 이유는 없어."

나는 마침내 여자를 뿌리치고 목욕탕 안으로 들어갔다.

탕에 들어가 크게 숨을 내뱉었다.

인생 최악의 2주간이라고 해도 좋았다. 아니, 최악은 남동생이 병마와 싸우며 나날이 쇠약해져 가던 그 어린 날들인가.

나는 어떻게 해야 좋은가.

되돌릴 수 없는 일을 저질렀다. 책임진다고 말한 것은 좋았지만, 요우코가 지적한 대로 내가 할 수 있는 것은 아무것도 없다. 남자 혼자서 아이만 맡아 기르며 의학 공부를 하는 것이 요우코에게는 가장 부담이 적은 방법일지도 모른다. 그러나 도저히는 아니지만, 해낼 수 있을 것 같지 않았다.

하지만 얻은 생명을 버리다니――. 아무리 세포라고 해도 나에게는 남동생을 죽이는 것과 똑같이 느껴진다.

이 일을 안다면 어머니가 얼마나 탄식하실까. 부끄러워하실 것이다. 학비를 내준 아저씨도 얼마나 실망할지 알 수 없다. 아아, 틀렸다. 탕에 몸을 담가도 머릿속은 전혀 정리

되지 않는다.

먼저 간단하게, 처음부터 생각해 보자.

애초에 아이를 지울 것인가, 아닌가.

나는 중기를 바라보며 생각했다.

나의 꿈은 남동생처럼 목숨을 잃는 사람을 한 명이라도 줄이는 것이었다. 그런데 사고라고는 해도 자신의 아이의 목숨을 빼앗아도 되는 것인가.

역시 그 부분이 문제의 핵심이라는 생각이 들었다.

꿈은 언젠가 다시 좇을 수 있다. 휴학이든 뭐든 해서 먼저 아이를 위해 나의 시간을 사용해야 하지 않을까. 요우코에게도 부담을 강요하게 되겠지만——.

한편으로는 요우코의 지적도 옳다. 적어도 올해 일 년 유급은 피할 수 없고, 출산은 요우코만이 할 수 있다. 결혼 전의 그녀에게 큰 상처를 남기게 된다.

애초에 그녀가 끝까지 낳지 않는다고 하면 그것으로 끝이다. 게다가 나는 정말로 꿈을 포기할 수 있을까. 휴학하면 그대로 의사의 길이 끝날 가능성이 있다. 오히려 그쪽의 확률이 높다.

아아, 또 사고의 미로에 빠져들었나.

얼마 지나지 않아 탕 속에서 몸이 흐물흐물해졌다. 매우 긴 시간 동안 들어가 있었는지 일어날 때 가벼운 현기증까지 일었다.

아무리 탕에 들어가 있어도 대답이 시원하게 나올 리 없다.

무겁게 한숨을 쉬며 밖으로 나가자, 그 여자가 또 파이프 의자에 앉아 있었다.

하늘은 이미 어두워지고 있었다.

"어머, 남자치고는 오래 걸렸네."

"내버려 두십시오."

나는 냉담하게 말하고 그대로 지나치려 했다. 그러나 또 발걸음이 약간 비틀거리는 것 같다. 빨리 걷기가 힘들다.

"큰 욕조에 들어가서 잃어버린 것은 찾았어?"

"——아니요."

나는 현기증이 나서 엉겁결에 그곳에 주저앉았다.

"아무래도 보이는 것 이상으로 곤란한 것 같네."

여자가 따분한 듯 말했다.

"하는 수 없지. 돈도 없는 것 같고, 특별히 삼십 엔으로 해 줄게."

"네?"

"아무에게도 말하지 마. 삼십 엔으로 손잡이를 돌리다니, 다른 손님이 알면 장사가 망하니까."

"삼백 엔을 한 번에 삼십 엔으로 깎아 주다니, 아주 건성이군요. 도대체 어떤 것이 나오는 겁니까?"

무엇을 묻고 있는 건가, 나는. 그러나 지금은 누군가와 이야기하고 싶은 기분이었다. 목욕탕에서 머리와 몸뿐 아니라 입까지 풀어져 버린 것 같다.

"사람 손으로 만든 단 하나밖에 없는 물건이야. 특별한 마음이 담긴, 이 세상에 하나밖에 없는 무언가."

여자의 목소리에는 열기와 긍지가 실려 있었지만, 나는 실망했다.

"내가 잃어버리기 직전인 것에 도움이 될 것 같지는 않군요."

"역시, 무언가를 잃어버릴 것 같은 거잖아. 그리고 물건을 보지도 않고 어떻게 도움이 될지 안 될지를 알 수 있지?"

"내가 잃어버리려고 하는 것은 형체가 있는 것이 아니니까. 오래전부터 좇아온 소중한 꿈을 잃어버리기 직전입니다."

결국 나는 여자에게 그런 말까지 털어놓고 말았다.

"흐음, 그러면 더욱 더 돌려 보는 것이 좋아, 이 손잡이."

"왜지요?"

"사람이 마음을 담아 만드는 것에는 말이지, 이상하게도 특별한 힘이나 메시지가 담겨서 그것을 필요로 하는 사람의 손에 들어가거든."

무심코 코웃음을 쳤다.

"나는 의사 지망생입니다. 그런 미신은 믿을 수 없어요."

"그렇다면 의학부 학생은 별것 아니네. 이것은 미신도 뭣도 아니야. 예를 들어 어머니의 애정이 듬뿍 담긴 요리를 생각해 봐. 먹으면 허기뿐 아니라 기분도 충전되어 기운이 나잖아."

나의 눈앞에 어머니가 만든 나베야키 우동이 떠올랐다. 감기에 걸렸을 때, 왠지 그 우동은 어떤 감기약보다 나의 몸을 덥혀 주었다. 어째서 약보다 효과가 있는지, 적어도 의학적인 설명은 떠오르지 않았다.

여자의 옆에 있는 금속제의 상자를 천천히 바라본다.

"이것은 말이지, 당신의 기운을 북돋아 줄 신기한 상자야. 분명 인생이 바뀔 거야."

"지금 내가 처한 상황에서는 도저히 믿을 수 없군요."

비아냥거리는 어조로 대답하면서도 마음속으로 생각한다.

하지만 만약에 어머니의 나베야키 우동처럼 나에게 효과가 있는 것이 나온다면? 인생이 잘 풀리게 된다면 꿈을 잃어버리지 않을 수 있을까.

멍하니 생각에 잠겨 있는데 여자가 무엇을 착각한 것인지 질린 듯 다그쳤다.

"어쩔 수 없네. 이십 엔으로 해 줄게. 이십 엔. 이 이상은 한 푼도 못 깎아 줘."

"이십 엔?"

여자의 말에 나도 모르게 마음이 움직였다.

행운인지 불행인지, 마침 딱 이십 엔을 가지고 있잖아.

"되찾고 싶은 거지, 꿈으로 향하는 길을?"

여자가 최후의 일격을 날리듯 나를 바라보았다.

그래서 나는 감쪽같이 넘어가고 말았다.

"에잇, 기부라고 생각하죠."

반쯤 자포자기하며 다시 한번 일어서서 여자가 내민 손바닥에 이십 엔을 살짝 올린다.

여자가 만족한 듯 히죽 웃었다.

"자, 돌려 보렴."

재촉하는 말에 왠지 마술사가 중얼거리는 주문처럼 울림을 가지고 있다.

용기를 내어 손잡이에 손을 올리고, 꿀꺽, 침을 삼켰다.

약간 굽어진 자세로 나의 허리 근처에 있는 손잡이를 돌렸다. 철컥, 하고 소리가 나고는 무언가가 떨어진다. 꺼내 보니 그 무언가는 무늬 없는 초라한 종이봉투에 들어 있는 것 같았다.

"열어 보지 않아?"

여자의 재촉에 흠칫흠칫 봉투 안에 들은 것을 꺼내 보았다.

그것은 한 장의 손수건이었다. 접혀 있는 것을 펼쳐 보자 흰 천의 한 면에 푸른 장미의 자수가 놓여 있었다.

나는 잠시 바라보다가 실망으로 한숨을 뱉었다.

정성들여 만든 것으로는 보였지만, 이것이 나의 인생을 바꿀 수 있는 것인가?

솔직히 골탕을 먹은 기분이다. 눈 깜짝할 새에 이런 여자에게 속아, 마음속 어딘가에서 기대를 했던 것 같다. 나를 지금의 상황에서 기적적으로 구출해 줄 것이 나오지 않을까, 소원을 비는 마음마저 있었는지도 모른다.

나의 어리숙함에 웃음이 나올 것 같다.

"남자인 나에게는 그다지 소용없는 것 같은데요."

"아니, 그렇지 않아. 그것은 특별하고 특별한 자수이니까. 좋은 것을 손에 넣었네. 이십 엔으론 과분할 정도야."

여자는 한순간 아쉬운 듯 손수건을 바라본 뒤, 휘이휘, 개라도 쫓아내듯 손짓했다. 아무래도 속이는 것이 끝난 손님에게는 볼일이 없는 듯하다.

나는 가라앉은 기분으로 그 자리를 떠났다. 걸으며 쓴웃음이 나왔다.

다행인 것은 여자와 이야기하는 동안, 현기증이 그럭저럭 나아졌다.

나쁜 일은 겹치기 마련이다.

아이에 대해 결론을 내지 못한 채, 다음 날 대학에서 '의학부 학생대회'라는 집회가 열려, 드디어 학생들이 무기한 파업에 들어갔다. 교내는 한층 소란스러웠고, 건물에 모인 학생들은 안에서 기타를 치거나 만화를 읽는다고 했다.

나는 겨울의 맑고 푸른 하늘을 올려다보며 눈을 꾹 감았다.

어느 쪽이든 내가 의사가 될 길은 닫히고 있지 않은가.

이걸로 대학에 갈 일도 없어졌다. 아무튼 강의가 없으니 가도 소용없다. 오히려 속이 시원하지 않나, 하고 자신에게 말을 걸어 보았지만, 역시 기분은 가라앉아 있었다.

*

파업 돌입 이틀째. 신문 배달소에 도착하자 가게 앞에 나즈나 씨가 서 있었다.

평소처럼 슬쩍 눈을 피하고 그녀의 옆을 지나쳐 가게 안으로 들어간다.

허둥지둥 오늘의 배달분을 받아 밖으로 나가니 그녀가 아직도 가게 앞에 서 있었다. 불편한 기분으로 자전거의 바구니에 신문을 얹고 있는데 결심한 듯 뒤에서 목소리가 들려왔다.

"저기, 요시카와 씨."

작고 떨리는 목소리였다. 놀라 뒤를 돌아보자 추위 때문인지 코끝이 빨개진 나즈나 씨가 구부정한 자세로 자전거의 핸들을 쥐고 있었다.

"무슨 일입니까?"

"저, 뭔가 요시카와 씨를 화나게 할 만한 일을 했나요?"

그녀가 나를 신경 쓰고 있었다. 그것만으로 심장의 고동이 빨라진다.

그러나 그녀의 질문에 솔직하게 대답할 수 없었다.

"아니요. 아무것도 하지 않았습니다."

"하지만──."

"저는 배달이 있어서 이만."

그녀의 목소리를 떨쳐내듯 나는 자전거의 페달을 밟기 시작했다.

　오래 사용해서 낡은 자전거가 끼익끼익 듣기 싫은 소리를 내며 나즈나 씨와 거리를 벌려간다.

　이걸로 되었다. 이걸로 된 것이다.

　필사적으로 자신을 타이르며 계속 페달을 밟았다.

*

　그러나 다음 날도 신문 배달소의 앞에 나즈나 씨가 서 있었다. 장갑을 낀 양손을 비비며 하얀 입김을 내뱉는다.

　나를 기다리고 있었다는 것을 직감으로 느꼈다. 뛰어오를 듯한 기분을 억지로 진정시킨다. 오늘 밤, 나는 요우코와 만난다. 그리고 나의 아이를 가진 요우코에게 아이를 지우라는 말은 할 수 없을 것이다.

　말없이 나즈나 씨의 옆을 지나치자 나즈나 씨가 나의 팔을 붙잡았다.

　"그러니까 당신은 아무것도 하지 않았다니까요."

　일부러 매몰차게 말하자 나즈나 씨가 고개를 흔들었다.

"아니요. 이거 떨어뜨린 것 같아서."

나즈나 씨가 그 푸른 장미의 손수건을 내밀었다. 그러고 보니 공중목욕탕에 다녀온 날부터 바지 주머니에 계속 넣어 두었었다. 정성스럽게 자수가 수놓인 손수건은 나 같은 사람의 손에 있는 것보다 나즈나 씨의 가냘픈 손에 있는 것이 훨씬 더 어울린다.

"괜찮다면 드리겠습니다. 그―― 아직 사용하지 않아서 더럽지 않으니 안심하세요."

"아니요, 이런 비싼 손수건을 받을 수는 없어요. 그리고 이것, 여성분에게 받은 거잖아요?"

쭈뼛쭈뼛 묻는 그녀의 뺨이 천천히 상기되어 간다. 나는 황급히 부정했다.

"아니, 아닙니다. 실은 얼마 전에 이상한 일이 있어서――."

설명하려 했지만, 그런 이야기를 하고 있다간 배달이 늦어 버린다. 망설이는 동안 퍼뜩 떠올랐다.

오해받으면 어떤가. 어차피 아이가 있는 몸이지 않은가.

"아니, 아무것도 아닙니다."

나는 고개를 흔들고 다시 가게 안으로 들어가려고 했다.

그러자 나즈나 씨가 다급한 목소리로 짜내듯 말했다.

"괜찮으시면 배달 후에 이야기해 주세요."

"하지만——."

뒤를 돌아보니 나즈나 씨가 뺨을 붉게 물들이고 다시 입을 연다.

"저, 저기에 있는 강가 버스 정류장 대합실에 앉아 있을게요. 요시카와 씨가 올 때까지 기다릴 테니까요."

화장기 없는 그녀의 눈동자는 겨울의 아침 무렵처럼 맑았다.

배달을 끝내고 버스 정류장으로 가자, 나즈나 씨가 정말로 강바람이 불어오는 대합실의 벤치에 앉아 하얀 입김을 뱉으며 기다리고 있었다.

아무리 마음을 억누르려고 해도 그녀의 모습에 가슴이 쿵쿵 뛴다.

"기다리게 해서 미안합니다."

"아니요, 막 왔어요."

그녀의 옆으로 가서 나란히 앉았다.

"아까." "저기."

둘이 동시에 입을 연 뒤, 나는 나즈나 씨의 재촉에 어색하게 이야기를 시작했다.

요우코의 일은 숨기고 엊그제 일어난 이상한 일을 들려주었다. 비겁한 남자일지도 모르지만, 나즈나 씨의 앞에서는 얼마 전까지의 나로 있고 싶었다.

첫 버스는 7시쯤이니 아직 2시간 정도 여유가 있다. 개를 산책시키는 사람이나 전철역으로 향하는 샐러리맨의 모습이 드문드문 보이는 가운데, 어두운 거리는 꿈과 현실의 중간을 모호하게 표류하는 것 같았다.

"어머, 그래서 그 상자의 손잡이를 돌렸어요?"

이야기를 들은 나즈나 씨가 작고 사랑스러운 웃음소리를 냈다.

"네. 나도 어리석은 일이라고 생각하기는 했지만."

"거기서 나온 것이 이 손수건이었군요?"

"완벽하게 속아 넘어갔지."

쓴웃음을 짓자 나즈나 씨가 하얀 입김을 뱉으며 고개를 숙였다. 그런가 했는데 갑자기 밝은 어조로 말했다.

"저기, 분명히 그 여성은 수상하지만, 이 손수건이 하나밖에 없는 수제품이라는 것은 정말이라고 생각해요. 그것도 상당히 뛰어난 솜씨의."

"자수, 에 대해서 잘 아십니까?"

"네. 저는 서투르지만, 어머니가 생전에 자수를 좋아하셔서 자주 놓으셨으니까요."

나즈나 씨는 말하면서 그리운 표정을 지었다. 그런가, 나즈나 씨의 어머니는 돌아가셨구나.

이렇게 둘이 함께 여유롭게 이야기를 나누는 것은 처음 있는 일이었다. 생각해 보면 나는 그녀의 웃는 얼굴 외에 그녀에 대한 것을 아무것도 모른다. 가까이 가면 은은하게 세탁비누의 향기가 나는 것도 오늘 처음 알았다. 알면 알수록 그녀가 사랑스럽게 느껴진다. 무릎 위의 손을 꽉 쥐고 견뎠다.

"그래서 요시카와 씨는 무엇을 잃어버리려는 상황인가요?"

갑작스러운 질문에 말문이 막혔다. 나즈나 씨가 당황한 듯 사과한다.

"죄송해요. 너무 주제넘은 질문이었네요."

"아니오, 괜찮습니다."

잠시 침묵한 후, 나즈나 씨는 숨을 훅 들이 쉬고 입을 열었다.

"만약에 정말로 인생이 바뀐다면 어떻게 할 거예요?"

"네?"

"그러니까 이 손수건, 훌륭한 물건인 걸요. 뭔가 만든 사람의 마음이랄까, 바람 같은 것을 느낄 수 있는 것 같아서──. 그 마음을 읽을 수 있다면 그것이 요시카와 씨의 인생을 바꿀 계기가 될지도 모른다는 생각이 들어서요."

"설마, 그런 일이──."

나즈나 씨는 정말로 나의 상태를 신경 쓰고 있다. 순간 마음이 들떴다가 곧 지면에 떨어진다.

나는 그럴 가치가 있는 남자가 아닙니다.

하지만 나즈나 씨의 목소리가 나의 등을 부드럽게 떠밀어 주는 것 같았다.

"푸른 장미에는 어떤 의미가 있는 걸까요?"

"글쎄. 뭔가 꽃말이라도 있는 것일까요?"

내가 들어도 가라앉은 목소리로 대답하자 나즈나 씨의 얼굴이 반짝 빛났다.

"그럴지도 몰라요. 꽃말에 힌트가 숨겨져 있을지도. 그 말의 메시지가 인생을 바꿔 주지 않을까요?"

이제 와서 푸른 장미의 꽃말에 어떤 의미가 있든, 나의 닫혀 가는 미래를 구해 줄 것 같지는 않다.

일단 고개를 끄덕이려다 그만두었다.

나즈나 씨가 나를 필사적으로 위로하려고 해 줘서 기쁘다. 그녀의 순수한 호의를 헛되게 하고 싶지 않았다.

나는 고개를 끄덕이는 대신 그녀에게 말했다.

"그럴지도 모릅니다. 다음에 도서관에서 알아보죠."

"네, 알게 되면 꼭 가르쳐 주세요."

헤어질 때, 나즈나 씨가 장갑을 비비면서 작게 중얼거렸다.

"말을 걸길 잘했어요. 그 손수건은 틀림없이 소중한 분에게 받은 거라고 생각했거든요."

나즈나 씨의 말에 얼마나 우쭐하고 싶었는지. 그러나 당장 요우코의 얼굴이 떠올라 나는 입을 다물었다.

"죄송합니다, 저는——."

"아니요, 괜찮아요. 제발 아무 말도—— 아무 말도 하지 말아 주세요."

나즈나 씨의 표정이 희미한 빛 속에 번져 잘 보이지 않았다.

그래도 나와 같은 표정을 짓고 있지 않을까.

이렇게 가까운데 이 이상 다가갈 수 없다. 투명한 유리에 막혀, 서로, 울음이 터질 것 같은 얼굴을 마주 보며——.

그녀를 끌어안고 싶다. 하지만 그것은 용서받을 수 없다.

우리는 그대로 버스 정류장을 나와 헤어졌다. 자전거의 페달을 밟자 찌를 것 같은 추위가 나의 전신을 칼로 베듯 스쳐 지나간다.

부디 이 잔혹한 바람이 그녀를 피해가기를.

나는 몰래 비는 것밖에 할 수 없었다.

오후, 나는 즉시 근처의 도서관으로 가서, 서고에서 꽃말 사전을 골라 테이블 석으로 옮겼다.

밤이 되면 요우코가 온다. 그 사실에서 조금이라도 의식을 돌리고 싶었는지도 모른다.

여고생 무리가 내가 가져온 책을 보고 키득키득 웃었다. 성인 남자가 핑크와 빨간 표지의 꽃말사전을 몇 권이고 들고 있으니 확실히 이상할 것이다.

장미, 장미하며 페이지를 넘겨 쭉 나열된 장미의 꽃말 페이지를 펼쳤다. 아무래도 같은 장미라도 그 색에 따라 해당하는 꽃말이 다른 것 같다. 예를 들어 붉은 장미는 정열, 당신을 사랑합니다, 아름다움, 열렬한 사랑. 핑크색 장미는 아름다운 소녀, 단아함, 행복인 것처럼. 게다가 같은 색의 장미라도 그 개수에 따라서도 의미가 다르다고 하니, 점점 정신이 아찔해진다.

그런데 아무리 페이지를 넘겨도, 몇 권이고 꽃말사전을 펴서 읽어 보아도 푸른 장미의 꽃말은 쓰여 있지 않았다. 보라색 장미라면 있었지만, 보라는 보라색이지 푸른색과는 다르다.

나는 당황스러웠다. 왜 이렇게도 장미의 꽃말이 많은데, 제일 중요한 푸른 장미에는 꽃말이 존재하지 않는 것일까.

꽃말사전의 마지막 한 권을 조사한 끝에 마침내 나는 푸른 장미의 꽃말에 다다랐다.

거기에는 이렇게 적혀 있었다.

『푸른 장미는 존재하지 않는다는 것에서 꽃말은 불가능이다.』

나는 기가 막혀 그 한 줄을 바라보았다.

존재하지 않는다. 푸른 장미가 존재하지 않는다? 꽃말은 불가능.

그것은 사라져가는 나의 꿈에 사형 선고를 내리는 것과 같은 말이었다.

──내가 의사가 되는 것은 불가능. 그런 뜻인가.

어렴풋이 알고는 있었지만, 이렇게 새삼 다른 각도에서 선고를 받으니 역시 가슴이 도려내지는 것 같았다.

아직 믿을 수 없어서, 아니, 믿고 싶지 않아서 장미에 대해서도 알아보았다.

처음 손에 든 장미에 특화된 원예책에는 쓰여 있지 않았다. 그러나 그다음 조사한 「장미의 역사」라는 책에 드디어 사실이 적혀 있었다.

역시 푸른 장미는 존재하지 않았다. 자연계에 존재하는

장미에는 푸른 색소를 가진 것이 없다고 한다.

나는 조용히 책을 덮었다.

푸른 장미는 존재하지 않는다. 결국 그것은 나의 인생을 바꿀 방법은 존재하지 않는다, 의사가 될 길은 닫혔다는 뜻일 것이다.

답을 내리지 못하는 나 대신 손수건이 답을 내준 것이 분명하다.

필시 이걸로 된 것이다. 이걸로 확실히 꿈을 단념할 수 있지 않을까.

요우코를 어떻게든 설득해서 아이를 낳게 한다. 그녀의 시간을 10개월 정도 빼앗을지도 모르지만, 어차피 파업 때문에 강의도 들을 수 없으니──.

어머니, 저는 의사가 될 수 없는 모양입니다. 아저씨에게 그렇게 머리를 조아려 돈을 빌렸는데, 정말로 죄송합니다.

어머니의 얼굴을 떠올리자 시야가 뿌예져서, 나는 잠시 서고 앞에서 움직일 수 없었다.

밤, 요우코가 약속대로 아파트에 왔다.

집에 들이고 앉자마자 담배에 불을 붙이려는 것을 보고, 당황하며 말린다.

"흡연은 좋지 않아."

요우코가 입을 떡 벌리고 나를 올려다보았다.

"뭐야, 설마 당신, 아직도 나에게 아이를 낳으라고 할 생각이야?"

나는 경박하게 묻는 요우코와 마주 앉아 깊게 고개를 끄덕였다.

"의사의 길은 포기하고 아이를 기르기 위해 일을 할 거다. 낳아준다면 나와 아이의 존재를 전부 잊어버려도 좋으니까 낳을 때까지는 어머니로 있어 주지 않겠나."

마음을 정했다. 꿈을 잃어버린 나지만, 방황에서 해방되자 이상하게도 후련한 기분이었다.

"왜, 아버지 같은 얼굴을 하는 거야? 바보 같긴."

"낳아 줬으면 좋겠다. 이래 봬도 한번은 의사를 지망했던 몸이다. 죄 없는 자신의 아이의 목숨을 빼앗을 수는 없어."

요우코가 계속해서 눈을 깜박였다. 변함없이 짙게 화장한 큰 눈에 점점 눈물이 차오른다.

나는 당황하며 물었다.

"왜, 우는 거지?"

"──왜 당신이, 낳아달라고 하는 거야. 왜 나가세가 아니라, 당신이 그 말을."

나는 요우코의 말에 혼란스러웠다.

왜 나가세의 이름이 나오는 거지.

조금 생각해 보고 혼자 납득한다.

아아, 그런가. 그녀는 나가세와의 아이를 바랐던 것이구나. 그런데 나 같은 것과 실수를 저지른 바람에 좋아하지도 않는 남자의 아이를 낳게 된 것을 한탄하는 것이겠지.

"이렇게 되어서 정말로 미안하다. 하지만 내 나름의 보상은 역시 너에게 폐를 끼치지 않고 아이를 기르는 것이라고 생각한다. 그것을 위한 비용도 아르바이트를 해서 어떻게든 변통할 생각이다."

주머니를 뒤져 흐느껴 우는 요우코에게 그 푸른 장미의 손수건을 내밀었다. 요우코는 빼앗듯 받아들더니 손수건을 보자 눈물을 닦지 않고 그것을 펼쳤다.

"이렇게 예쁜 손수건은 쓸 수가 없잖아."

그녀를 잘 알지는 못하지만, 어울리지 않게 귀여운 말을 한다고 생각했다. 잠시 손수건을 내려다보며 딸꾹질을 하더니 이렇게 중얼거렸다.

"푸른 장미네. 꽃말은 불가능한 꿈이었나."

의외라는 생각에 물었다.

"──푸른 장미가 존재하지 않는 것을 알고 있나?"

"왜냐하면 나는 꽃집 딸인걸. 겨우 불단을 장식하는 꽃 정도밖에 팔리지 않는 작고 허름한 가게지만."

무심코 요우코를 바라보았다. 분명히 처음 만난 날, 나가세가 그녀를 부르주아의 딸이라고 소개했었다.

요우코는 나의 시선을 느끼고 거북한 듯 눈을 내리 깔았다.

"솔직히 말할게. 전부 거짓말이야. 부모가 부자라는 것도 거짓말이고, 같은 대학의 학생이라는 것도 거짓말. 그날 밤에 당신과 무슨 일이 있었다는 것도 거짓말. 만취한 당신을 나가세가 집까지 데려다 준 것이 전부야."

"거짓말?"

방금 들은 사실에 머리가 따라가지 못했다. 도대체 그녀는 무슨 말을 하고 있는 것인가.

"그럼 임신했다는 것도?"

숨을 허덕이며 물었다. 요우코는 고개를 흔들어 보였다.

"아니, 임신은 진짜야. 하지만 아빠는 당신이 아니야. 당신은 임신과 백 퍼센트 관계없어."

머리가 이해하기 전에 몸이 솔직하게 반응했다. 계속 버티고 있던 허리에서 힘이 빠진다.

"──그러니까 나와 너의 사이에는 아무 일도?"

"전혀, 완벽하게, 아무 일도 없었어. 당신도 기억에 없잖아."

근래 며칠간 고민했던 만큼 아무 일도 없었다는 사실이 아직도 실감나지 않았다.

잠깐. 그렇다면 그녀는 도대체 누구의 아이를 임신하고 있는 것일까.

나의 의문을 알아차렸는지, 요우코가 손수건의 끝을 꼭 쥐고 엎드렸다.

"바보네. 배 속의 아이는 나가세의 아이야. 밤에 놀러 나갔다가 만나서는 질질 끌고 사귀면서── 눈치 좀 채."

"그렇다면 왜 나의 아이라고 한 거지? 그리고 너는 알몸으로 이불에."

말하며 얼굴이 붉어진다. 요우코가 한숨을 쉬고 말을 이었다.

"나가세가 말이지. 아이가 생겼다고 했더니 지우라고 말했어. 하지만 지금은 그럴 돈이 없다고. 당연히 나도 없지. 그랬더니 나가세가 다니는 대학에서 적당한 걸 골라잡아 돈을 가로채자고 했어."

"그 적당한 것이, 나, 였던 건가?"

요우코가 느릿느릿 고개를 끄덕였다.

"이런 비상사태에 운동에 참가하지 않고 강의에 나오는 녀석은 세상물정 모르는 공부벌레가 분명하다. 금방 쉽게 속아 넘어갈 거다. 그리고 의학부라면 아마 부모가 의사거나 부자니까 반드시 위자료를 받아낼 수 있다고."

"──유감이었겠군, 내가 의사의 아들이 아니라서."

나는 겨우 화가 나서 요우코의 말을 가로막았다. 그러나 말에는 힘이 들어가지 않고 어딘가 멍청하게 들린다.

"미안해. 당신은 아니었던 모양이야."

작게 고개를 흔드는 요우코의 배를 바라보며 무심코 물었다.

"그래서 어떻게 할 생각이야, 배 속의 아이는?"

"——원래는 나가세에게 낳아달라는 말을 듣고 싶었지만, 하지만 포기하라는 거겠지. 왠지 이 손수건의 푸른 장미가 그렇게 말하는 것 같아. 그리고 속일 생각이었던 당신에게 낳아달라는 말을 듣고 갑자기 흥이 깨졌어."

요우코가 얄미운 말을 하며 일어섰다. 독기 빠진 표정도, 이제 와서 강한 척하고 있었을 뿐이라는 것을 깨달았다.

그녀의 결단에 대해 나는 아무 말도 하지 못하고, 그럴 권리도 없다는 것을 깨달았다. 하지만 그녀를 이대로 관계없는 사람이라며 돌려보내도 되는 것일까.

단 3일간이라고 하지만 그녀의 아이를 자신의 아이라고, 남동생 대신이라고 생각하고 있었다.

요우코가 말없이 손수건을 돌려주었다. 받아들자 퉁퉁 부은 눈으로 웃으며 방에서 나가려고 했다.

아무 말도 할 수 없다. 말하면 안 될지도 모르지만, 그건 역시 하나의 생명을 죽이는 것이 아닐까. 그리고 그녀는 마음속으로 낳고 싶어 하지 않나.

"기다려. 역시 혼자 감당하는 것은 좋지 않아. 나가세의 집에 가자. 너의 마음을 확실하게 말하는 거다."

요우코가 얼굴만 돌아보고는 입술을 잡아 뜯었다.

"나가세는 부모님과 같이 살아. 느닷없이 부모님께 말할 거야? 당신 아들의 아이라고?"

"──그래. 결과가 어떻게 될지는 모르지만, 그래도 너는 그 생명을 지키고 싶잖아? 그것을 위해, 이것저것 따지지 않고 할 수 있는 일은 해 보는 것이 좋지 않겠어? 혼자가 불안하다면 나도 같이 갈 테니."

"당신, 어디까지 좋은 사람인 거야."

요우코는 질린다는 듯 이쪽을 바라보고 있다.

"부탁한다. 조금만 더 발버둥 쳐 줘. 이제 관계없는 사람의 목숨이라고 생각할 수가 없어."

필사적으로 부탁하자 요우코가 또다시 울 것 같은 얼굴을 했다. 그리고 조금 생각한 뒤 불쑥 물었다.

"어떻게든 뭔가 하고 싶다면 이 손수건, 역시 나에게 빌려 주지 않겠어?"

"그런 것 전혀 신경 쓰지 않는데――. 괜찮다면 너에게 줄게."

요우코는 나에게서 다시 손수건을 받아들어 푸른 장미를 가만히 바라보았다.

"아이의 일은 조금 생각해 볼게."

그대로 그녀는 방을 나갔다.

그녀도, 푸른 장미의 손수건도 그날 밤 이후로 나의 눈앞에서 완전히 모습을 감췄다.

*

아이 소동은 해결했지만, 의사가 된다는 꿈은 변함없이 닫혀 있었다.

학생들의 파업은 계속되어 의학부뿐 아니라 다른 학부까지 퍼져 큰 물결이 되었다. 자연히 과격해져 가는 운동을 본체만체하며 마음은 썩어간다.

아저씨가 준 6년간이라는 기한은 이미, 어떤 노력을 하든 불가능하지 않은가. 애초에 고등학교를 졸업하자마자 일하는 것이 아저씨의 의견이었다. 이번 학생운동을 기회로 나를 퇴학시키려고 할 것이 틀림없다.

요우코가 모습을 감추고 일주일 정도가 지났다. 나와 나즈나 씨는 다시 새벽녘의 버스 정류장에 앉아 있었다.

푸른 장미의 꽃말에 대해 조사해서 가르쳐 주기로 약속했었다. 오늘 그 약속을 지킬 생각이다. 사실 좀 더 빨리 이야기하고 싶었지만, 나즈나 씨가 감기로 쉬고 있었다.

우리는 저번보다 조금 더 가까운 거리에 앉아 이야기했다.

"푸른 장미의 꽃말을 찾아보았습니다만, 사실 푸른 장미라는 것이 존재하지 않았습니다."

"어머."

나즈나 씨는 작지만, 새벽녘의 별처럼 빛나는 눈을 크게 떴다.

"그래도 꽃말은 있었습니다. 불가능, 이라고 합니다. 참으로 암시적인 말이죠. 지독히도 딱 맞는 말이었으니까요."

"무슨 뜻이에요?"

당황하는 나즈나 씨에게 나는 그 파업에 대한 이야기를 들려주었다.

　"사실은 제가 다니는 대학에서 계속되는 학생들의 파업으로 강의를 거의 하지 않습니다. 금전적으로 여유가 있는 집도 아니고, 6년 만에 졸업하지 못하면 끝입니다. 이 이상 휴강이 계속된다면 저는 결국 학교를 그만두는 수밖에 없을 것 같습니다."

　"그랬군요. 학생운동이 꽤 퍼져 있다는 것은 뉴스로 들었지만——."

　나즈나 씨가 딱하다는 듯 말한 뒤, 고개를 갸웃거렸다.

　"하지만 정말로 그 손수건에는 불가능이라는 마음이 담겨 있었을까요?"

　"무슨 뜻입니까?"

　"그저 느낌이지만, 역시 그 푸른 장미는 소극적이기보다는 필사적으로 앞을 바라보는 사람이 수를 놓은 것으로 보였어요. 그래요, 마음이 느껴진다고 했던 것 기억하세요?"

　"——예에, 그것은 기억합니다만."

　그 말만이 아니다. 나는 당신의 말이라면 무엇이든 기억하고 있습니다. 나도 모르게 고백해 버릴 것 같아서 혼자 얼굴이 붉어진다.

나즈나 씨는 그런 나의 불순한 마음은 알아차리지 못하고 열심히 말을 이었다.

"예를 들어 지금은 존재하지 않아도 언젠가 할 수 있다면? 만약에 내가 푸른 장미를 만들어 낼 수 있다면 꽃말을 기적이라든가, 꿈이 이루어진다로 바꾸겠어요. 그 훌륭한 자수를 놓은 사람도 어쩌면 그런 생각을 하지 않았을까요?"

"기적, 꿈이 이루어진다, 입니까?"

"네. 그 손수건은 불가능하다고 말하는 것이 아니에요. 틀림없이 꿈은 이루어진다고 요시카와 씨를 응원하기 위해 온 것일지도 몰라요."

나즈나 씨는 열심히 이야기한 뒤, 깜짝 놀라며 정신을 차린 것 같은 얼굴이었다.

"죄송해요. 저도 참, 주제 넘는 말을 하고."

그 표정이 너무도 사랑스럽고 귀여워서 나의 마음은 천천히 따뜻해졌다. 그리고 지금 막 들은 그녀의 말이 닫혀 버린 마음에 한 줄기 빛처럼 똑바로 비춰 들어왔다.

그때 버스 정류장 앞 강변 너머에서 해가 뜨려 하고 있었다.

아직 어두울 시간인데, 계절이 바뀌려고 하는 것이다.

꿈은 이루어진다. 그 생각 자체가 나의 인생을 바꿔줄 메시지일지도 모른다고 생각했다. 나즈나 씨가 하는 말은 모두 맞는 말이라는 생각이 들어서 신기하다.

숙이고 있던 나의 얼굴이 아침 햇빛을 받으려고 자연히 앞을 바라보았다.

"고맙습니다. 그럴지도 모르죠. 아직 꿈을 포기하기에는 이를지도 모릅니다. 마지막까지 최선을 다하겠습니다."

나 자신, 그날 밤의 요우코에게 생명을 지키기 위해 볼썽사납게 발버둥 치라고 하지 않았나. 그렇다면 나도 많은 생명을 구하겠다는 꿈을 이루기 위해 그렇게 해야 한다.

나즈나 씨는 길가의 냉이가 잎을 흔드는 것 같은 목소리로 발랄하게 웃었다.

그 미소에 나도 모르게 이상한 말이 튀어 나왔다.

"만약 꿈이 이루어진다면 당신에게 하고 싶은 말이 있습

니다."

"——네, 기다릴게요."

　나즈나 씨는 뺨에 아침 햇빛을 받으며 분명하게 고개를
끄덕여 주었다.

*

　파업은 결국 일 년이나 계속되었다.

　당연히 나는 시간을 헛되이 버릴 수 없었다.

　부서질 것 같은 마음을 필사적으로 바로 세우며, 엄하고
까다롭다는 평판의 교수에게 매일 찾아가고, 같은 뜻을 가
진 학생을 모아서 개인적인 레슨이라도 강의를 해 달라고
부탁했다.

　"나는 이제 나의 연구에 전념하고 싶네."

　교수는 학생들에게 실망했다며 처음에는 완고하게 거부
했지만, 한 달을 찾아갔을 때쯤 겨우 강의를 열기로 했다.

　의학의 길을 걷고자 하는 학생들과 그만큼 열정적인 교수
의 수업은 얄궂게도 지금까지의 대학 강의보다도 가치가

있었다.

교수에게 부탁해 가정교사 아르바이트도 몇 군데 소개받아서 지금까지보다 훨씬 좋은 환경에서 학비를 모을 수 있었다.

절대로 이 길을 포기하지 않는다. 시간이 얼마나 걸리더라도 의사가 되어 많은 아이의 생명을 구할 것이다. 그 결심은 이제 흔들리지 않는 것이 되어 나를 앞으로 움직이게 만들었다.

아저씨는 아니나 다를까 나를 데리고 돌아가려고 설득했지만, 그런 아저씨와 이야기를 매듭지어 준 것도 교수였다.

나즈나 씨와 매일 아침, 버스 정류장에서 이야기를 나누게 되고 얼마 안 있어 우리는 더 가까운 관계가 되었다.

반드시 꿈은 이루어진다. 그렇게 되면 그녀에게 나의 마음을 고백하자.

나즈나 씨의 웃음소리를 들을 때마다 나의 마음은 뜨겁게 불타올랐다.

그것은 길게 계속된 파업이 겨우 끝날 기미를 보이기 시작했을 무렵이다.

캠퍼스의 벤치에 앉아 있는 내 앞에 여자가 나타났다.

"너는——."

그녀의 모습을 보고 나는 무의식중에 미소를 지었다.

그 사람은 화장을 지운 요우코였다. 팔 안에는 작은 아기를 안고 있다.

"불가능을 가능으로 만들었구나."

"그래, 그렇게 됐어. 이 장미가 좋은 부적이 되어 주었어. 그래서 당신에게 돌려주려고."

민낯으로 낮은 굽의 구두를 신고 자수가 놓인 손수건을 내미는 요우코는 처음 만났을 때보다 훨씬 어려 보였다. 그런데도 그 눈은 분명히 애정 넘치는 어머니의 눈빛이었다.

"의사가 될 거잖아. 그러면 이 아이가 병에 걸렸을 때 고쳐 줘."

나는 고개를 끄덕이고 요우코에게서 손수건을 받아 들었다.

나가세와 어떻게 되었는지, 지금 어떻게 살고 있는지, 요우코는 자세하게 이야기하려고 하지 않았지만, 나도 깊이 캐묻지 않았다. 그래도 그녀의 눈빛을 보고, 현재, 행복하다는 것을 알 수 있었다.

그 뒤 나는 대학을 졸업하고 국가시험에 합격했다. 교수의 추천으로 대학병원의 의사가 되었고, 희망대로 소아과에 근무하게 되었다.

그리고 나는 드디어 그 버스 정류장에서 나즈나 씨에게 고백할 수 있었다.

"저와 사귀어 주십시오."

"네."

짧게 대답한 그녀의 눈에 떠오른 눈물은, 어떻게 된 것인지 푸르게 빛나며 매우 아름다웠다.

＊　　　＊　　　＊

그래서 나는 지금 소아과의 진찰실에 앉아 있다.

벽에는 만든 사람의 손을 떠나 신기한 상자에서 나의 손으로, 그리고 요우코의 손을 거쳐 또다시 나에게 돌아온 그 손수건이 걸려 있다. 변함없이 훌륭한 자수여서, 지금은 나의 아내가 된 나즈나는 이곳을 방문할 때마다 깊은 숨을 내쉬며 넋을 잃고 바라본다.

단지, 전과 다른 것이 한 가지 있다. 긴 세월이 지나 드디어 푸른 장미가 탄생했다. 기적은 확실히 일어났다.

그 꽃말은 불가능을 극복하다.

그래서 생명이 위독한 아이가 진찰실의 문을 넘을 때마다, 나는 먼저 이 푸른 장미를 보여주고 질문하기로 했다.

푸른 장미의 꽃말을 알고 있니? 라고.

이야기를 들은 아이들은 그 눈에 강한 빛을 품는다.

그때마다 나는 확신한다. 이 손수건에는 역시 특별한 힘이 담겨 있다고.

신비한 여행을 한 푸른 장미의 손수건의 이야기는 이것으로 끝이다.

다만 이것은 내가 알고 있는 이야기에 지나지 않는다.

나는 그런 생각이 들었다. 이 손수건에는 내가 모르는 이야기가 더 많이 숨겨져 있지 않을까. 예를 들어 요우코의,

혹은 자수를 놓은 이름도 모르는 누군가의 소중한 인생의
이야기가.

분명히 그렇겠지?

마음속으로 질문하자, 손수건의 푸른 장미가 창문에서 부
는 바람에 흔들리며 대답하는 것처럼 보였다.

푸른 장미의 손수건 ──── 사요코

창문에서 여름이라고는 생각할 수 없는 서늘한 바람이 달콤한 향기와 함께 불어온다.

자수가 놓인 손수건의 끝이 살짝 흔들리고, 언니가 미소를 지으며 창밖을 바라보았다.

"바람이 너무 차네. 사요코, 스톨이든 뭐든 걸치는 게 어때?"

"괜찮아. 오히려 기분 좋을 정도야."

여고에 다니기 시작하고 머지않아 다가온 여름 방학에, 나는 주치의인 하야마 선생님을 억지로 설득해서 가루이자와의 별장에 2주간 요양을 왔다.

고원에 위치한 이곳은 메이지 시대(1868~1912년)부터 이어져 온 별장지대로, 공기가 맑고 좋으며 여름에도 심하게 덥지 않다. 약해진 몸이 쉬기에는 딱 좋은 곳이라고 울며 부탁했다.

이 땅에 코우노 집안의 첫 별장을 지은 사람은 나의 증조 부에 해당하는 코우노 젠지로다. 당시에는 단층집의 일본식 건물이었던 것 같지만, 지금은 아버지의 취향인 서양식 이층 건물로 바뀌었다.

정원 한 면에는 어머니의 취미인 장미가 뽐내며 피어 있다. 핑크, 빨강, 노랑, 하양, 오렌지, 그레이, 보라──온갖 색이 있지만, 내가 좋아하는 푸른색의 장미만 없다.

장미 정원 너머로 나무숲이 이어진다. 옆집의 별장까지 가려면 조금 걷거나 자전거로는 5분 정도 달려야 하는 불편한 곳이다.

그래도 나는 번거로운 인간관계에서 해방된 이곳이 어릴 때부터 참 좋았다.

테이블에 놓인 유리잔에 물방울이 맺혀 있어서 매우 차가워 보인다.

"그런데 사요코가 몸이 안 좋아지다니. 모처럼 이제 막 여고에 다니기 시작했는데.”

“어머, 나도 여름 감기 한두 번은 걸려.”

“——그러네. 하지만 제대로 먹지 않으면 나을 것도 낫지
않아. 살이 많이 빠진 것 같은데.”

“지금은 이 정도로 마른 편이 옷맵시가 좋아.”

그렇게 대답하며 가슴이 삐걱삐걱 건조한 소리를 냈다.

도대체 나에게는 앞으로 어느 정도의 시간이 남아 있을
까.

언니는 내가 이 2주의 휴가를 보낸 후, 대학병원에 입원하
는 것을 모른다. 걱정이 많은 언니에게는, 적어도 가루이자
와에 있을 동안만이라도 비밀로 하고 싶어서, 부모님에게
아무것도 알리지 않도록 부탁했다.

언니를 향해 일부러 쾌활한 목소리로 익살을 떨었다.

“모처럼 좋아하는 별장에 왔는데 감기가 낫지 않아서 자
수밖에 할 것이 없네.”

“하지만 바아야가 만드는 요리는 영양이 풍부하고 맛있
잖아. 나도 오랜만에 2, 3일 여유롭게 쉬면서 민스파이를
먹을 생각이야.”

언니는 아치형의 눈썹을 조금 들어 올리고는 또다시 손을 움직이기 시작했다. 그녀는 지금 핑크색의 꽃 부분을 수놓고 있다. 나는 장미의 색을 정하지 못해 장미의 줄기 부분을 하얀 천에 먼저 수놓기 시작했다.

바로 얼마 전까지 서양자수 같은 것은 당치도 않은 일이었는데, 지금은 이렇게 자유롭게 바늘을 놀릴 수 있어서 기쁘다. 우리 자매는 외딴 곳의 별장에서 몰래 자수를 놓고 있는 것이지만.

자수는 내가 언니보다 유일하게 잘하는 것이고, 어른들에게 칭찬받은 특기이기도 하다. 매우 좋아하는 그 자수를 전쟁 중이라도 멀리하고 싶지 않았다. 역시 이런 숲속이라면 다른 사람의 눈에 띌 리 없고, 별장에서 보살펴 주는 사람들은 모두 코우노 집안에서 오랫동안 일해 믿을 수 있는 사람들이었다.

언니는 재작년, 이미 약혼자의 집으로 출가했지만, 기회만 있으면 집에 돌아오거나 여름이 가까워지면 이렇게 별장에 와서 느긋하게 쉰다.

언니에게 매우 약했고, 언니가 하는 일이라면 무엇이든

찬성하는, 까다롭지 않은 성격의 형부를 만난 언니는 행복한 사람이다.

　나도 앞으로 2년 후, 여고를 졸업하면 맞선을 거쳐 결혼이라는 일련의 과정을 거쳤겠지만, 이 몸으로는 그럴 걱정도 없다.

　──시간이 필요하다. 여고를 졸업하면 대학에 진학하고, 이 세계의 비밀을 좀 더 많이 알고 싶다.

　하지만 대학병원에서 검사 같은 것을 하지 않아도, 나는 나의 시간이 매우 빠른 속도로 깎여 나가고 있다는 것을 느낀다.

　또다시 바람이 불어왔다. 나무숲 사이로 보이는 하늘에는 구름 한 점 없다. 오늘은 별이 아름다울 것 같다.

＊

　다음 날, 언니는 친구와 점심을 같이 먹는다고 해서, 나는 바아야가 만든 특제 샌드위치를 바구니에 담아 나무숲에서 혼자 피크닉을 즐기기로 했다.

따라온다고 하는 하녀를 떼어 놓고 혼자 별장을 나와 나무숲 안으로 들어가, 미리 알고 있지 않으면 절대로 발견할 수 없는 샛길로 들어간다.

고양이나 어린아이가 만들었을 것 같은 좁고 사랑스러운 길가에는 자작나무가 무리지어 자라 있고, 그 뿌리 부근을 동그란 융단처럼 화초가 덮고 있다. 황색이나 흰색의 이름 모를 야생화가 귀엽다. 그것들을 즐기면서, 나는 나이든 고양이가 걷는 것처럼 천천히 걷기 시작했다.

이 샛길의 끝에 특별한 곳이 있다. 어릴 적부터 나와 언니의 비밀의 화원이다. 드디어 샛길이 끝나고 목적지에 도착했다.

시야에는 온통 토끼풀이 흔들리는 들판이 펼쳐져 있다. 군데군데 무너진 벽돌담, 반만 남은 천사상과 코가 무너진 소인상들, 그리고 야생화가 된 덩굴장미가 피어 주인 없는 정원을 장식하고 있다.

어느 여름방학, 언니와 함께 우연히 이곳을 발견한 뒤부터 둘이 같이 많은 시간을 보냈다. 아마도 원래는 누군가의 저택이었을 것이다.

돗자리를 깔고 샌드위치가 든 바구니를 내려놓자 생각보다 지친 것을 깨달았다. 수통에서 딸기 시럽이 들어간 소다수를 따라 마시고 겨우 정신을 차린다.

목을 축인 뒤, 잠시 눈을 감았다. 바람이 불어오는 소리에 귀를 기울이며 의식이 바람의 일부에 녹아드는 것을 느낀다.

기분 좋은 오후였다. 밝게 개인 하늘에서 정오의 햇빛이 쏟아져 내려 나를 감싸 안아 주는 것 같다.

이곳에 뿌리를 내리면 내년에도, 내후년에도 나는 야생장미들처럼 계속 살아갈 수 있지 않을까. 그런 망상을 해 본다. 하지만 삶의 희망을 생각할 때, 마음 한쪽에서 검은 점이 똑 떠올라 점점이 퍼지며 가슴을 점령한다.

나는 그 점을 되도록 보지 않으려고 반복해서 심호흡했다.

혼자서 극복할 수밖에 없다.

이런 이야기는 여고의 아가씨 친구들과도, 가련한 핑크 덩굴장미처럼 미소 짓는 언니와도 할 수 없다.

나는 외롭다. 나는 우주의 한끝에서 한순간의 시간을 끝내려고 한다. 이 세계의 비밀을 무엇 하나 알지 못한 채, 그저 죽어간다.

무한히 계속되는 어둠 속에 남겨진 기분에, 두려움으로 발밑이 쑤욱 내려앉는다.

나는 없어지는 것인가. 이 세상에 존재했던 증거를 아무것도 남기지 못한 채, 그저 소멸하는 것인가.

시야가 번져, 황급히 바아야의 샌드위치를 먹기로 했다. 나는 이 샌드위치를 먹고 우울해하는 사람을 보지 못했다.

샌드위치의 속은 오이의 겨자 마요네즈 무침, 올리브 오일을 뿌린 토마토와 체다치즈, 햄과 양배추의 달걀마요네즈까지 세 종류다.

무엇을 먹어도 바아야의 애정이 느껴진다. 병에 대한 것은 잊어버리고, 또다시 그저 불어오는 바람의 일부가 되어 세계를 여행하는 기분에 휩싸인다.

눈을 감고 휴우 한숨을 쉬었을 때였다.

바스락.

무언가의 발소리가 들려와 깜짝 놀라 주변을 둘러본다.

어느새 들판 저편에서 사람 그림자가 보였다. 아무래도

노인인 것 같다.

멍하니 바라보고 있자, 노인이 모자를 벗고 가볍게 인사했다.

"이거 실례. 선객이 있었군요."

웃는 얼굴이 오후의 햇살을 반사하며 빛나고, 다갈색의 눈동자 속에는 지성과 장난기가 공존한다.

그는 그대로 발길을 돌리려고 했지만, 왠지 모르게 붙잡고 말았다.

"괜찮아요. 개의치 마세요. 이곳이 저만의 것도 아니니까요."

"괜찮겠습니까?"

"네, 물론이죠."

바구니 속에 아직 많이 남아 있는 샌드위치를 바라보는 노인의 배에서 꼬륵, 하는 소리가 났다.

잠시 마주 바라본 뒤, 우리는 웃음을 터뜨리며 서로가 같은 세계의 주민이고, 연령의 장벽을 넘어 우정으로 맺어질 수 있다는 사실을 깨달았다.

노인은 '사야마' 라고 이름을 밝혔다.

우리는 샌드위치를 먹으며 이야기꽃을 피웠다. 마치 십년지기처럼 화제가 끊이지 않는다. 지금의 화제는 나의 고독의 시작에 관해서였다.

"호오, 사요코 씨의 첫 고독은 수평선에서 시작된 것이군요."

"네. 수평선은 분명하게 곡선을 그리기도 하고, 밤이 되었을 때 수평선 너머의 고기잡이배의 불빛을 보고 지구는 공처럼 구체라는 것을 어린 마음에도 직감했어요."

여자아이는 아름다운 옷으로 몸을 감싸고, 영리한 것을 생각할 필요 없이 그저 정숙하게 웃으면 된다. 그런 생각을 하는 어머니에게 이상한 말을 하는 나는 고민거리였다.

"어른들에게 말했더니 어린아이는 쓸데없는 것은 생각하지 않아도 된다는 말을 들었다고?"

"네. 당황한 어머니가 재봉 세트를 주었어요."

"그것 참. 사요코 씨의 직감은 고대 그리스의 수학자 피타고라스와 같은 것인데."

"그래요? 피타고라스도 에게해를 바라보며 같은 생각을

했어요?"

사야마 씨가 고개를 끄덕였다. 그리고 그의 고독의 시작에 대해 이야기해 주었다. 기억은 세 살 즈음으로 거슬러 올라가는 것 같다. 빛의 굴절을 관찰하느라 말할 여유가 없는 것을, 말이 늦다고 걱정한 어머니가 계속해서 말을 거는 바람에 관찰에 방해가 되었다고 한다. 왜 물질은 위에서 아래로 떨어지는지가 신기해서 근처에 있는 물건을 계속 떨어뜨리기도 했다고 한다.

"지금이라면 귀중한 도기를 깨뜨리고 그 파편을 바라보는 아들을 걱정하는 어머니의 마음을 이해할 수 있지만 말입니다."

사야마 씨가 윙크를 보냈다.

여하튼 어린 시절의 나도, 사야마 씨도 어른들이 이해해 주지 않아 마음을 닫아 버리고, 고독하게 세계에 대한 호기심을 길러왔다.

"그런데 이 정원이 누구의 것이었는지 아십니까?"

"아니요. 혹시 뭔가 아는 것이 있으신가요?"

이 정원의 주인에 대해서 계속 망상해 왔다. 선교사나 외

교관의 별장이었거나 아니면 미망인이 몰래 살던 양옥집이었을까.

역시 어릴 때처럼 마법사의 숨겨둔 집이라는 생각은 하지 않지만, 그 정체는 언제나 나와 언니의 공통된 판타지였다.

"이곳은 원래 영국인 선교사의 별장이었습니다. 그의 딸이 정원 돌보기를 굉장히 좋아해서 말입니다. 그중에서도 새로운 종류의 장미를 만드는 것에 빠져 있었습니다. 육종가(育種家) 사이에서는 꽤 유명한 사람이기도 했지요."

그는 한순간 말을 끊고 주변을 둘러보았다. 그 맑은 눈동자는 현재가 아니고, 왕년의 잘 관리된 잉글리쉬 가든을 비추고 있는 것 같았다.

조금 전보다 바람이 조금 서늘하고 강해졌을까. 저녁이 되어 기온차가 생기면서 바람이 더욱 강해진다. 관자놀이의 머리카락이 한 가닥, 뺨에 흘러내렸다.

"그러면 지금 남은 장미들도 선교사의 따님이 길렀던 장미인가요?"

"그렇죠. 그녀는 특히 푸른 장미를 만드는 것이 꿈이었습

니다."

"블루로즈. 불가능의 대명사지요."

"그렇습니다. 잘 알고 계시는군요."

내가 제일 좋아하는 푸른색. 맑은 하늘의 푸른색. 하지만 800년이라는 장미 교배의 역사 중 아무리 뛰어난 육종가가 도전해도 푸른 장미는 만들 수 없었다. 푸른 계열의 장미는 존재하며 보라나 실버, 그중에는 선명한 핑크도 있지만, 나팔꽃처럼 푸른 꽃은 존재하지 않는다.

어머니에게 푸른 장미를 심어달라고 끈질기게 졸랐을 때, 아버지가 전문가에게 물어서 알려준 사실이었다.

"그녀의 꿈은 현재 제가 이어받았습니다."

사야마 씨가 온화하게 웃었다.

"아, 그렇다면 푸른 장미의 연구를 이 땅에서?"

"네. 본업은 물리학자지만요. 괜찮으시다면 한번 정원을 보러 놀러 오세요. 도서실도 자유롭게 이용하셔도 됩니다. 도쿄에서 가져온, 물리와 관련된 책이 많지만, 틀림없이 흥미를 끌 책이 있을 겁니다."

"내일이라도 갈게요."

생각지도 못하게 찾아온 행운에 나는 가슴이 뛰었다.

별장에는 도서실은커녕 요리책 한 권도 놓여 있지 않다. 내가 책만 읽고 사교적인 장소에 얼굴을 내밀지 않는 것을 우려한 부모님이 모두 처분한 것이다. 나에게는 사야마 씨의 제안 그 자체가 블루로즈였다.

"그러면 내일 3시는 어떠십니까? 장미잼과 구운 과자를 준비해 놓지요. 물론 만드는 것은 제가 아니라 딸입니다. 타미라고 하는데, 저희 집에서 가장 대단한 사람입니다."

아무래도 사야마 씨는 부인이 아니라 딸에게 휘둘리는 모양이다.

다음 날 만날 약속을 하고, 사야마 씨의 집까지 가는 간단한 지도를 받은 다음 우리는 헤어졌다. 다음 날의 약속, 이라는 것이 좋다. 올지 안 올지 알 수 없는 한 달 뒤의 약속과는 다르니까.

*

외출을 싫어하는 내가 연일 나가는 것을 알고, 언니는 순수하게 기뻐했다.

"어머, 그럼 친구가 생긴 거네?"

"응. 비슷한 또래의 아가씨인데, 타미라고 해. 그녀의 집에서 일하는 하녀의 요리 솜씨가 굉장히 좋대."

물론 거짓부렁이지만, 걱정이 많은 언니에게 나이 차이가 많이 나는 노인과 친해졌다고 이야기하면 쓸데없는 걱정을 끼칠 뿐이다.

사교적인 언니는 옛날부터 이 주변에도 친구가 많다. 오늘 점심도 모임이 있어서 다행이다. 그렇지 않았다면 분명히 같이 가자고 했을 것이 틀림없으니까.

저녁 후에는 둘이 같이 자수를 놓자고 약속하고, 나는 언니를 기분 좋게 배웅했다. 그 뒤, 오늘도 특제 샌드위치를 먹고, 사야마 씨에게 줄 선물로 라즈베리잼을 들고 별장을 나왔다.

"어두워지기 전에 돌아오세요."

걱정스러운 듯 말하는 바아야의 눈에 나는 언제까지나 다섯 살 정도의 어린아이일 것이다. 하지만 때때로, 바아야는 무엇이든 알고 있는 것이 아닌가 하고 놀랄 때가 있다. 이번에도 비슷한 또래의 친구라고 했는데 어째선지 와인을 선물로 들려 보내려 하는 것이었다.

어제 받은 지도를 의지해 별장에서 사야마 저택으로 향했다. 오늘도 날씨가 좋고 상쾌한 바람이 불어온다. 여름 햇볕의 열기가 나무숲에 막혀 약해지면서 지면에 닿을 때에는 상당히 얌전해져 있었다.

밀짚이 날아가려는 것을 손으로 누르면서 천천히 걷는다. 머지않아 약속한 3시 조금 전에 사야마 저택이 보이기 시작했다.

그것은 아담하지만 예쁜 양옥이었다. 새하얀 나무그늘에 벽돌색 지붕. 둥글게 철책을 두르고, 안에는 보라색 장미가 비좁게 만발해 있다.

거짓말이 아니라, 정말로 사야마 씨는 푸른 장미를 얻기 위해 교배를 하고 있는 것을 알 수 있었다.

보라색의 그러데이션으로 꾸며진 정원은 아름다웠다. 중앙에 파라솔이 붙은 흰 테이블이 놓여 있고, 타미 씨로 짐작되는 여성이 때마침 애프터눈 티를 준비하고 있었다.

"실례합니다."

대문에서 말을 걸자 타미 씨가 환하게 웃었다. 멋대로 매우 야무진 중년 여성을 상상하고 있었는데, 언니와 비슷한 나이의 젊은 여성이었다.

"사요코 씨지요? 기다리고 있었어요."

나는 첫눈에 그녀가 마음에 들었다. 큰 눈동자는 호기심으로 빛나고, 대학을 다닌다면 이런 친구를 사귀고 싶다고 망상했던 인물 그대로다.

"여어, 어서 와."

우리의 목소리를 들었는지, 사야마 씨가 현관에서 나와 곧바로 애프터눈 티가 시작되었다.

그것은 여름이 보내준 선물 같은 오후였다.

사야마 씨는 여러 가지 푸른색 계통 장미를 꺾어 화병에 꽂아 놓아 주었다. 그 한 송이 한 송이를 차례로 바라보며, 그 나름의 가설을 열심히 설명한다.

"애초에 장미라는 꽃은 푸른색의 유전자를 가지고 있지 않은 것이라고 생각했습니다. 예를 들어 이 올드로즈는 푸른 계통 장미로 유명하지만, 푸른색이라기보다 보라색이 죠."

말하는 사야마 씨의 모습이 점점 소년처럼 생기가 넘치는 것이 재미있다.

생크림과 함께 장미잼을 스콘에 바르며, 푸른 장미의 이야기를 듣는 것은 즐거웠다.

"원종의 장미에 푸른색은 없다, 요컨대 장미가 가진 유전자에 푸르게 발현하는 색소가 존재하지 않는다고 생각하는 것이 자연스럽습니다. 지금의 교배는 최대한 붉은 색소를 옅게 하려는 시도가 주류지만, 그것으로는 보라색이나 그레이에 가까워질 뿐 절대로 푸른색이 되지 않을 거라고 생각합니다."

"아버지도 참, 귀여운 아가씨에게 갑자기 유전자나 색소 같은 이야기를 하면 미움받아요. 정말 싫다, 교수라는 인종은."

막 구운 스콘을 가지고 온 타미 씨가 눈썹을 찌푸리며 사야마 씨를 혼냈다.

"그럼 대학에서 가르치고 계신 거예요?"

"예에. 장미는 물리학자의 취미, 같은 것이지요."

타미 씨가 어쩔 수 없다는 듯 한숨을 쉬어 보인다.

"첫사랑이었던 여성의 뜻을 이어받은 거예요. 어머니가 안다면 얼마나 슬퍼할까. 최근에는 어느 쪽이 본업인지 모를 정도로 장미의 연구에 열중하고 있어요."

그렇다면 그 버려진 정원의, 푸른 장미에 빠져 있었다던 아가씨가 교수의 첫사랑 상대였을 것이다. 귀여운 에피소드에 자연히 웃음이 지어졌다.

"정말 수다쟁이 딸이군. 도대체 누구를 닮았는지."

사야마 씨는 멋쩍은 얼굴을 하고 홍차를 한 모금 마셨다.

들어 보니 타미 씨도 평소에는 여대에 다닌다고 한다. 영어를 공부해 장래에는 출판사에서 일하는 것이 꿈이라는 타미 씨가 아니, 그녀의 미래로 이어지는 시간이 부러워 견딜 수가 없었다.

애프터눈 티를 즐긴 뒤, 사야마 씨가 나를 도서실로 안내해 주었다. 창문이 없는 어두운 방에 불을 켜자, 그곳은 개인 소장이라고는 생각할 수 없을 정도로 멋진 지식의 보고였다. 높은 천장 아슬아슬한 높이까지 사방이 서가였고, 전부 서적으로 가득 차 있다.

좁고 어두운 방인 이유는 책이 상하지 않도록 하기 위한 배려일 것이다.

"먼저 인류가 어떻게 지구가 둥글다는 결론에 도달했는지 알아보지 않겠습니까? 여고에서는 대충 넘어가는 인류의 중요한 역사입니다. 저로 괜찮다면 부디 들어 주십시오."

"사요코 씨, 폐가 된다면 거절하세요."

"폐라니 당치도 않아요. 지금 당장 이야기를 듣고 싶을 정도예요."

기가 막혀 하는 타미 씨에게, 나는 힘차게 고개를 흔들어 보였다.

"저야말로 대환영입니다. 저희 학교 학생들도 사요코 씨처럼 열심이었다면 좋겠습니다만."

지금부터 바라마지 않던 수업이 시작되는 것을 깨닫고, 나의 가슴은 아플 정도로 뛰었다.

우리는 곧장 이 도서실을 간이 교실로 바꾸어 놓았다.

오, 정말, 사야마 씨가 장난스럽게 기침했다. 나도 모르게 큭, 하고 웃어 버렸다.

"전에 잠깐 이야기한 것처럼, 사실 사요코 씨는 고독하지 않습니다. 사요코 씨가 번뜩 생각한 것은 수평선과 고기잡이배 불빛의 관계였지요. 같은 힌트로 지구가 둥글다고 생각한 인물이 고대 그리스의, 그 피타고라스 선생입니다."

사야마 씨의 수업은 정말로 매력적인 말부터 시작했다.

그래, 나는 고독하지 않았던 것이다.

"어제 점심 때 만나고 어쩐지 구원받은 기분이었어요."

"그러나 이 가설에 과학적인 근거를 제시할 수 있게 된 것은 조금 더 뒤의 일입니다. 어떤 천체 현상이 그 근거입니다만―― 뭐라고 생각하십니까?"

짐작도 안 된다. 그러자 사야마 씨가 다른 책을 꺼내 나에게 보여 주었다. 그것은 월식이나 일식 등의 천체의 쇼를 찍은 사진을 모은 사진집이었다.

"뭔가, 알아차린 것 없습니까? 자, 이것은 달에 드리운 지구의 그림자입니다."

사야마 씨가 익살스럽게 미소를 지어 보인다.

황금빛으로 빛나는 달에 검고 둥근 그림자가 드리워, 점점 달의 빛을 침식해 간다. 그 사진을 보고 나에게도 떠오르는 것이 있었다.

"월식이군요. 저것은 달이 이지러지는 것이 아니라 지구의 그림자가 둥글게 달에 드리운다는 것을 누군가가 발견한 거예요."

"잘 보셨습니다. 그 누군가가 아리스토텔레스입니다. 고대 그리스라는 것은 참으로 긴 시간에 걸쳐 지식의 향연이 펼쳐져 왔습니다."

그 뒤, 마젤란이 지구를 일주하는 항해에 성공해, 지구는 둥글다는 개념이 일반 서민에게까지 퍼졌다고 한다.

나는 수업 중 그리스에 날아가 피타고라스가 되고, 아리스토텔레스가 되고, 마젤란이 되어 대해를 항해했다. 시간이 눈 깜짝할 새에 지나, 타미 씨가 주의를 주지 않았다면 하늘이 새빨갛게 물들 시간이 될 때까지 깨닫지 못했을 것이다.

"이런 시간까지 머무르게 해서 정말로 죄송합니다."

타미 씨에게 혼나고 어린아이처럼 고개를 숙이는 사야마

씨의 배웅을 받으며, 나는 조금 빠른 걸음으로 별장까지의 길을 되짚어 갔다.

내일도 꼭 오겠다고 약속하고.

흥분이 가시지 않은 탓인지, 그날 밤은 좀처럼 잠들지 못하고 슬며시 정원에 나왔다.

달빛에 비친 정원의 장미가 밤이슬에 젖어 있다. 핑크나 붉은 색의 장미들을 멀리하듯 살그머니 핀 그레이 장미는 태양 빛에서 보는 것보다도 더욱 푸르게 빛나 보였다.

살짝 다가가자 달콤한 향기가 콧속을 부드럽고 잔혹하게 간질였다.

불가능의 대명사인 푸른 장미.

그것은 나의 생명을 상징하는 것 같았다. 이 병에서 회복하는 것은 불가능하다고, 달빛에서밖에 볼 수 없는 푸른빛이 알려주는 듯했다.

——그래도, 만약 회복할 수 있다면. 나에게도 이어질 미래가 있다면. 그 인생의 한순간, 한순간은 푸른 장미처럼 아름다울 것이다.

손에 들어오지 않는 것은, 언제나 미칠 것 같이 빛나고 있
다.

그레이 장미에 살짝 손을 뻗자 꽃잎이 한 장, 팔랑 떨어졌
다.

*

다음 날, 조금 열이 났다.

어젯밤, 밤바람을 맞았고, 잠이 부족한 것도 어느 정도 영
향이 있는 것 같다.

그래도 나는 괜찮은 척 별장을 나왔다. 자전거를 밟으니
불어오는 바람이 시원하다. 짙은 녹색의 향기가 실린 공기
를 몸 가득 들이마시자, 열이 내려가고 힘이 나는 것 같았
다.

나는 평범한 소녀로 병이 도망갈 정도로 건강한 몸. 그런
꿈을 꾸며 사야마 씨의 집에 도착했다.

"여어, 어서 와."

사야마 씨가 정원에 나와 있었다. 하얀 폴로셔츠에 흙이

묻는 것도 신경 쓰지 않고 장미를 보살피는 데 열심이다.

타미 씨가 파라솔 아래에서 어제처럼 애프터눈 티를 준비하고 있다.

"때마침 딱 좋을 때 와서 다행이에요. 아버지는 장미에서 떨어지려고 하지 않으시니까요. 바퀴벌레보다 질이 나쁘다니까."

사야마 씨가 상처받은 표정으로 일어섰다.

"너무하군. 하지만 정말 굿 타이밍입니다. 새로 교배한 장미에 꽃송이가 맺혔어요."

나는 철책에 자전거를 세우자마자 부르는 대로 정원에 발을 들었다.

허리를 굽히고 있는 사야마 씨 옆에 쪼그려 앉자, 가시가 있는 줄기 끝에 정말로 봉우리가 달려 있는 것이 보였다.

"어떻습니까? 이것은 블루까지는 아니지만, 블루 그레이라고 불러도 좋지 않겠습니까?"

"그런 것 같아요."

어제, 달빛 아래서 본 환상의 푸른 장미와 조금 비슷하다.

"아버지, 적당히 하세요. 티타임이에요. 너무 열심히 하다 무슨 일이 일어나도 몰라요."

타미 씨가 허리에 손을 올리고 우리를 부른다.

파라솔 아래로 가자, 오늘도 맛있어 보이는 과자가 준비되어 있었다. 새하얀 크림으로 장식된 파이였다.

"오오, 오늘은 레몬파이인가?"

사야마 씨의 목소리가 들떠 있는 것이 이상하다.

"딸바보 같지만, 딸이 구운 레몬파이는 천하일품입니다. 표면의 크림과 안의 새콤달콤한 레몬소스, 그리고 촉촉한 스펀지의 조화에 피곤이 날아갈 겁니다."

"이제 와서 아부해도 소용없어요."

타미 씨는 그렇게 말하면서도 입가는 이미 웃고 있었다.

홍차와 같이 먹는 레몬파이는 정말로 훌륭했다. 작은 조각을 받고, 또 한 조각을 더 먹었을 정도다.

사야마 씨는 만족한 듯 숨을 내쉬고 물었다.

"자, 오늘은 어떤 세계의 비밀에 대해 알고 싶습니까? 제가 알고 있는 것이라면 좋겠습니다만——."

"영원한 생명에 대해서."

반사적으로 대답한 후, 나는 후회했다. 그런 것이 있을 리 없는데. 대학교수에게 무척 어린아이 같은 대답을 하고 말았다.

"호오."

그러나 사야마 씨는 살짝 눈을 크게 뜬 후 즐거운 듯 고개를 끄덕였다.

"상당히 큰 주제이군요. 그러면 연금술에서부터 상대성이론까지, 며칠에 걸쳐 이야기하도록 하지요."

나는 상대성이론, 이라는 것이 뭔지 몰랐지만, 영원한 생명이라는 것에도 이야깃거리가 있다는 것을 알고 기뻤다.

"연금술이란 말을 들으면 이상하겠죠. 어떤 이미지를 가지고 있습니까?"

서가로 둘러싸인 테이블에서 완전히 교수의 얼굴을 한 사야마 씨가 나에게 질문했다.

"물질을 금으로 바꾸는 기적이라는 이미지예요."

"맞습니다. 굉장히 괴상하고 수상쩍은 기술로 들리죠. 그렇지만 당시 유럽에서는 버젓한 학문이었습니다. 그것도 상당히 넓은 범위의 영역을 커버합니다. 왜냐하면 연금술의 근본은 이 세계 본연의 상태를 탐구하는 것이었기 때문입니다."

어제에 이어서 나는 사야마 씨의 이야기에 곧바로 빨려들어갔다. 비좁게 펼쳐져 있는 장서에 연금술에 관한 내용이 있어서, 타미 씨가 필요한 책을 눈앞에서 찾아주었다.

"이 세계는 풍화수토라는 네 가지 요소로 이루어져 있다, 는 것이 연금술에서 본 세계의 구성입니다. 덤으로 이 이론을 저술한 것은 어제도 나온 아리스토텔레스입니다. 사요코 씨와 대단한 인연이 있는 것 같군요."

영원한 생명, 이라는 개인적인 물음은 홀연 세계의 비밀에 파고드는 과정으로, 의학이나 광물학, 그리고 화학에 지식을 발전시키게 된다. 연금술에 따라붙는 인조인간이나 황금의 정제, 그리고 불로불사 등의 수상쩍은 기술은 그 한 측면에 불과하다고 한다.

"고대 이집트를 기원으로 하는 연금술은 12세기에 들어와 현자의 돌이라는 가공의 물질에 대해 의논을 시작하게 됩니다. 납이나 철을 황금으로 바꾸기 위해서는 무언가 계기가 필요하고, 그것이 현자의 돌이라는, 말하자면 마술적인 힘을 가진 돌이라는 것이지요."

"그 현자의 돌이 있으면 영원한 생명을 손에 넣을 수 있다고요?"

"예에. 중국의 황제가 추구했다고 하는 불사조의 깃털과 같을 정도로, 전설에 속하는 것이지만요."

사야마 씨는 거기서 한숨을 돌렸다.

끊임없이 이어지는 불가능을 향한 정열. 영원한 생명을 원하는 사람들은 어떤 생각을 하며 먼지로 돌아간 것일까.

사야마 씨가 약간 지친 것 같은 목소리로 중얼거렸다.

"저도 푸른 장미를 위해 현자의 돌 같은 열쇠를 찾고 있을지도 모릅니다."

"――그 현자의 돌이란 무슨 색일까요?"

"검정색에서 흰색을 거쳐, 선명한 붉은색으로 완성된다고 하며――."

"푸른색, 이 아니었을까요?"

나는 사야마 씨의 목소리를 가로막았다.

불가능을 상징하는 색. 영원한 생명의 색. 있을 리 없는 장미의 색. 나에게 현자의 돌은 역시 푸른색인 것이 딱 들어

맞았다.

사야마 씨는 나의 눈을 들여다본 후 고개를 끄덕였다.

"그렇군요. 저도 푸른색이 잘 어울린다는 생각이 들기 시작했습니다. 푸른색은 불가능을 상징하는 것에 걸맞는 아름다움입니다."

고요하고, 알아차린 것 같은 표정에 어쩐지 가슴이 술렁여서, 나는 나의 발언을 철회하고 싶어졌다. 그러나 한 마디라도 한다면 무언가 되돌릴 수 없어질 것 같아서 입이 움직이지 않는다.

어느새 저녁매미가 우는 소리가 들리기 시작했다.

*

다음 날도 몸이 무거웠다.

"저기, 감기가 아직 낫지 않은 것 아냐? 아직 아파 보여."

자수를 내려놓고 소파에 엎드려 있는 나를 보고 언니가 걱정하기 시작했다.

"아니, 조금 졸릴 뿐이야. 어제 잠을 늦게 자서."

거짓말이다. 어제는 침대에 쓰러지듯 잠이 들었는데 몸이 조금도 가벼워지지 않았다. 사야마 씨의 집에 있을 때는 물을 맞고 있는 식물처럼 힘이 나는데, 다른 때의 나는 무기력하다.

"오늘도 나갈 생각이니?"

"응, 집에 있어도 심심하니까 그럴 생각이야."

"너에게 그렇게 친한 친구가 생겨서 기쁘지만, 하루 정도는 집에 있는 게 어때? 아니면 타미 씨를 초대하는 것은 어때? 나도 한 번 만나고 싶고."

언니의 제안에 순간 당황했다. 나는 쓸모없는 걱정을 끼치고 싶지 않은 것 이상으로 언니에게도, 가족 누구에게도 사야마 씨에 대해서 말하고 싶지 않았다.

사야마 씨의 저택에서 보내는 시간은 나에게, 이 끝이 다가오는 목숨과는 동떨어진 영원한 시간이다. 그곳에 있을 때는 병에 대해 잊어버릴 수 있다. 그러나 언니와 공유하는 그 즉시 그 행복한 공간이 사라져 버릴 것만 같았다.

나는 언니에게 또 거짓말을 했다.

"사실 차마 말하지 못했지만, 타미 씨는 휠체어를 타고 있어. 여기까지 오게 할 수는 없어. 그녀를 위로하고 싶어서 가는 거야."

"어머."

사람 좋은 언니의 눈동자에 그 즉시 동정이 떠올랐다.

결국 이 이상 나를 말리지 않고, 정원의 장미를 꺾은 부케와 몇 권의 잡지까지 들려주었을 때는 역시 양심의 가책을 느꼈지만.

그날, 사야마 씨와의 수업은 어제의 연금술을 거쳐 아인슈타인 박사라는 인물의 상대성이론에 도달했다.

"어제의 연금술은 판타지도 조금 있었지만, 오늘은 판타지 같으면서도 제대로 된 물리학 이야기입니다."

갑자기 사야마 씨가 나의 눈을 이상하다는 듯 바라보았다.

"자, 왜 영원한 생명이라는 질문에 물리가 등장하느냐는 얼굴을 하고 있군요."

"짐작이 가지 않는걸요. 포기예요."

사야마 씨의 눈이 조금 먼 곳을 응시했다.

"인류는 영원한 생명이라는 것의 답을 아직 얻지 못했지만, 시공은 비틀 수 있다는 개념에 도달했습니다. 예를 들어 사요코 씨만 시간의 흐름을 늦춘다, 라는 것처럼 말입니다."

"어머."

언니처럼 놀랐다.

나만 시간의 흐름을 늦춘다. 그것은 죽음으로 가는 길을 서두르는 나에게 그 이상 없을 정도로 매력적인 생각으로 느껴졌다.

"어떻게 하면 그런 일이 가능해지나요?"

"젊은 아가씨가 물리에 흥미를 가지다니 영광이군요."

사야마 씨는 콜록, 기침을 하고 말을 이었다.

"먼저 시간이란 무엇인가부터 생각해 봅시다. 이것은 사실 성가신 물음입니다. 눈에도 보이지 않고, 만질 수도 없다. 그러나 그 아리스토텔레스 선생이 이런 설을 주장했습니다. 시간은 운동에 의해 인식된다는 것입니다."

적당한 때를 노린 듯 타미 씨가 모래시계를 가지고 왔다.

"그래, 이 모래시계가 알기 쉬울 것 같습니다. 이렇게 뒤

집어 놓고 보면, 자, 바로 모래가 떨어지는 운동에 의해 시간의 경과를 인식할 수 있다. 그러나 모래가 다 떨어지면 모래시계는 어떻게 될까요?"

타미 씨가 모래시계를 하나 더 테이블에 놓았다. 이쪽의 흰 모래도 시계의 하부로 떨어졌다.

나는 조금 생각하고 발언했다.

"으음―― 모래의 이동은 이제 없지만, 상관없이 시간은 확실히 흘러가잖아요."

사야마 씨가 재미있는 듯 입술 끝을 올린다.

"그러나 그것을 도대체 어떻게 다른 사람에게 증명합니까? 운동에 의한 변화가 없으면 당신의 개인적인 감각에 불과한 것입니다."

"어머, 그것은 억지예요. 왜냐하면 시간은 모래시계의 모래가 떨어지든 떨어지지 않든 흘러가는 것이에요."

"호오, 사요코 씨는 타고난 뉴턴이군요. 그래, 지금 당신이 지적한 생각이야말로 뉴턴이 주장한 절대시간입니다. 즉, 시간이란 그 본질로서 어떤 외적 요인에도 좌우되지 않고 절대적으로 흘러간다는 것입니다."

"말씀대로예요."

나는 확실한 실감과 분노마저 담아 고개를 끄덕였다.

만질 수 없든, 눈에 보이지 않든, 시간은 분명히 새겨지고, 나라는 시간을 갉아먹고 있으니까.

"이것은 세계의 어느 지점에서도, 또 역사상 어떤 시점에서도 변하지 않는, 참으로 절대적인 성질이라고 뉴턴은 생각했습니다."

사야마 씨가 모래시계를 손으로 가지고 놀면서 계속했다.

"뉴턴은 동시에 절대공간이라는 개념도 주장했습니다."

"절대공간, 이라고요?"

지금까지 공간에 대해서 의식하고 생각한 적이 없었기 때문에 조금 당황했다.

"예에. 뉴턴 선생은 공간이라는 것도 절대시간과 똑같이 어떤 시점에서도, 마찬가지로 어떤 상황에서도 같은 상태로 무한히 펼쳐져 있다고 주장했습니다. 예를 들면 어느 한 곳만 천장이 휘어져 보이거나, 같은 1킬로미터의 거리가 있는 공간에서는 늘어나거나, 어떤 공간에서는 줄어들지 않는다는 것입니다."

"그렇군요. 그렇다면 납득할 수 있어요."

왜냐하면 같은 거리가 장소에 따라서 달라진다면 애초에 단위가 의미를 가지지 못할 테니까.

"그럼, 절대시간과 절대공간을 알아봤으니 잠깐 덧셈, 뺄셈을 해 봅시다."

사야마 씨는 시속 2킬로미터로 오른쪽으로 움직이는 인물 A와 시속 6킬로미터로 A에게 다가가는, 다시 말하면 왼쪽으로 움직이는 인물 B의 일러스트를 그려서 보여주었다.

"자, A가 볼 때, B는 시속 몇 킬로미터로 이쪽으로 오고 있는 것처럼 보이겠습니까?"

"음, 6킬로미터, 가 아닌가요?"

"아니오, 그것이 아닙니다. 왜냐하면 A도 오른쪽, 그러니까 B를 향해 움직이고 있기 때문입니다. 그러면 그저 기다리는 것보다 B의 속도가 빠르게 느껴질 것 같지 않습니까?"

"아, 자신이 움직이는 속도와 B의 속도를 더하면 되는 거군요."

"그렇습니다. 이런 식으로 생각하면 같은 방향으로 움직이는 것의 속도는 어떻게 될까요? 예를 들어 움직이는 기차와 같은 진행 방향으로 빛이 움직였을 때와 빛이 수직 방향으로 움직였을 때는 그 속도에 차이가 생길 것입니다."

"으으음, 기차의 진행 방향으로 움직이는 빛의 속도가 더 빨라지겠네요."

"그렇죠. 그것이 뉴턴이 생각한 방식입니다. 그러나 실험의 결과는—— 달랐습니다."

"어머, 왜 그런 일이?"

사야마 씨는 말없이 고개를 끄덕이고는 이야기를 계속했다.

"빛의 속도는 초속 30만 킬로미터입니다. 그리고 빛에 관해서 어떤 조건에서도 30만 킬로미터를 유지한다는 것을 알게 되었습니다. 실험 결과가 달랐기 때문에, 뉴턴의 이론 자체가 틀렸다며 새로운 설을 주장한 사람이 아인슈타인입니다. 이것을 광속도 불변의 원리라고 합니다."

왠지 머리가 어질어질했다. 하지만 사야마 씨의 열기 띤 말투에서, 드디어 우리가 시간의 흐름을 느리게 한다는 주제에 가까이 다가가고 있다는 것을 알았다.

"그러면 빛의 속도가 변하지 않는다는 조건하에, 한 번 더 기차의 실험으로 돌아가도록 하죠."

사야마 씨는 주행 중인 기차에서 빛이 수직 방향으로 쏘아지는 그림을 그려 보였다. 그 기차를 밖에서 바라보고 있는 인물도 있다.

"이 기차의 바닥에서 천장으로 똑바로 향하는 빛이 쏘아졌다고 합시다. 천장에는 거울이 설치되어 있습니다. 사요코 씨가 기차 안에 있으면 어떤 광경을 볼 수 있을 것 같습니까?"

"으으음, 빛은 수직으로 올라가서 천장의 거울에 반사되어 다시 똑바로 아래쪽을 향해 내려올 거예요."

사야마 씨는 만족스럽게 고개를 끄덕이고 이야기를 이어갔다.

"그러나 그 모습을 밖에서 보고 있던 이 인물에게는 전혀 다른 광경이 보입니다. 쏘아진 빛은 움직이는 기차에 맞춰 왼쪽에서 오른쪽 대각선으로 올라가고, 천장의 거울에 반사되어 이번에는 오른쪽 대각선 아래로 내려오는 모습이 보입니다."

"어어, 다시 말하면 빛이 삼각형을 그리는 것으로 보이는 거군요."

"그렇습니다."

"하지만 그렇다면 기차 밖에서 본 빛 쪽이 긴 거리를 달리고 있는 것이 되는데요."

사야마 씨가 기쁜 듯 미소 짓는다.

"맞습니다. 사요코 씨는 우수한 학생입니다. 그러나 한 가지 이상한 것이 있습니다. 요컨대 이 두 가지 현상은 동시에 일어난다는 것입니다. 같은 현상인데 빛이 이동하는 거리가 다르다. 이것은 도대체 무엇을 의미하는 것일까요?"

나는 신중히 생각했다. 심장이 두근두근 크게 고동친다.

"기차 안쪽이 빛의 거리가 길다는 것은 밖에서 관찰하면 기차 안의 시간의 경과가 느리게 보일 거예요."

나의 머릿속에 어떤 환영이 보였다. 지구의 주위를 빛과 같은 스피드로 이동하는 나. 지상에 있는 사람들에게는 5

초, 10초의 시간이라도, 나에게는 한순간으로 느껴진다면?

　나의 표정을 보고 알아차렸는지, 사야마 씨가 고개를 끄덕였다.

　"이미 알아차린 것 같군요. 아인슈타인의 이 설에 따라 빛의 속도로 이동하는 것이 가능하다면 우리의 시간이 흘러가는 속도가 느려진다는 것이 가정되었습니다. 예를 들어, 그래, 빛의 속도로 3년간의 우주여행을 하고 돌아오면 지구에서는 사실 3백 년의 세월이 지나 있다는 계산이 나옵니다."

　"그러면 마치 우라시마 타로(거북을 살려준 덕으로 용궁에 가서 호화롭게 지내다가 돌아와 보니 많은 세월이 지나 친척이며 아는 사람은 모두 죽고, 모르는 사람뿐이었다는 전설의 주인공.—옮긴이) 같은 거네요."

　"예에. 우라시마 타로가 탄 것이 거북이가 아니라 빛의 속도의 우주선이었다고 하면, 참으로 재미있게도 딱 맞아떨어지죠. 의외로 그것은 우주여행의 이야기가 기원이었을지도 모릅니다."

　호흡이 힘들어진다.

　빛에 둘러싸여 빛의 속도로 이 별의 주위를 계속해서 도는 나. 언젠가 과학이 진보해서 나의 병을 치료할 수 있는 시대가 왔을 때, 다시 지상에 내려올 수 있다면. 그렇게 된다면 얼마나 멋질까.

그러나 그런 망상이야말로 블루로즈, 있을 수 없는 일이다.

"——씨, 사요코 씨."

타미 씨가 나의 어깨를 흔들었다. 새로 홍차를 우려서 테이블에 가져와 준 것 같다.

"좋은 향기네요. 감사합니다."

그렇게 인사하자 타미 씨가 걱정스러운 듯 나를 들여다보았다.

"어쩐지 얼굴색이 파랗게 질린 것 같아요. 몸도 너무 뜨거운 것 같고요. 아버지, 적당히 하세요. 사요코 씨가 이렇게 땀을 흠뻑 흘리는 것도 모르셨어요?"

사야마 씨가 혼나고는 당황했다.

"정말로 죄송합니다. 그만 설명하는데 집중하는 바람에."

"아니요, 괜찮아요."

일어나려고 하는데 다리가 휘청거렸다.

"무리예요. 조금 쉬는 것이 좋겠어요."

타미 씨가 일어나서 나의 몸을 부축해 준다.

어느새 이렇게 몸 상태가 나빠진 것일까. 수업이 너무나
도 즐겁고 신선해서 나는 나의 몸 상태 같은 것은 잊고, 학
문의 세계에 정신을 집중하고 있었던 모양이다.

옷 너머로 느껴지는 타미 씨의 팔은 분명한 신체를 가지
고 있다. 나에게는 없는 생명력이 흘러넘친다. 그 팔에는
많은 시간이 남아 있다는 것을 알 수 있다.

그녀의 시간은 느리다. 매우, 매우 느리고 빛난다.

나는, 그녀의 흘러가는 시간을 어딘가 다른 장소에서 보
고 있는 관찰자라는 생각이 들었다.

"타미 씨, 에게 흐르는, 시간은, 멋지네요."

그런 말이 흘러나왔지만, 나는 제대로 발음도 하지 못하
는 상태였다.

타미 씨가 걱정스러운 듯 나를 바라본다. 동시에 눈앞이
깜깜해지고, 나는 의식이 희미해져 갔다.

정신을 차리자, 별장의 내 방 침대에서 자고 있었다.

바아야가 걱정스럽게 나를 들여다보고 있다.

"나—— 어떻게?"

조금 전까지 사야마 씨 저택에 있지 않았나.

"어젯밤, 사야마 씨라고 하는 분이 차로 데려다주셨어요. 듣자 하니 휠체어를 타시는 친구분의 아버지이신 것 같아요."

아아, 그러면 수업이 끝나고 하루가 지났을 것이다. 그리고 통찰력 있는 사야마 씨는 내가 언니에게 한 거짓말에 순간적으로 말을 맞춰 주었을 것이 틀림없다.

아직 몸이 뜨거웠다. 부축받아 일어서서 물을 마시려고 하는 것만으로도 호흡이 거칠어진다.

"지금, 사요코의 목소리가 들린 것 같은데——."

방문이 열리고 언니가 침대 옆으로 돌아 들어와 앉았다. 굉장히 무서운 얼굴을 하고 있다.

"사실 몸이 많이 안 좋았던 거구나. 거짓말을 하고 나가다니——. 축 늘어져서 옮겨져 왔지 않니. 얼마나 놀랐는지."

"미안해. 하지만 그냥 감기가 낫지 않았을 뿐이야. 아버지와 어머니에게는 비밀로 해 줘."

내가 어머니를 필사적으로 설득해서, 이번 여름 2주간만 평소처럼 보내고 싶다고 고집을 부렸다. 그런데 몸 상태가 안 좋아졌다는 연락을 받으면 어머니는 다급히 날아올 것이다.

언젠가 언니에게도 병에 대해 알리게 되겠지만, 나를 아직 건강하다고 생각하는 언니와 조금만 더 같이 시간을 보내고 싶었다. 모든 것을 알게 된 후에는, 언니의 정직한 표정을 통해 나는 이제 나을 수 없다는 것을 깨닫게 될 테니까——.

"비밀이라니, 너—— 겨우 감기 정도에 요란이구나."

"그래도 부탁해, 응?"

언니가 담담히 고개를 끄덕이는 것을 보고 겨우 안심하고 침대에 몸을 기댔다.

나는 아직 몸이 뜨거워서 그 뒤로도 깜빡깜빡 자다 깨다를 반복했다.

그 뒤로 3일 정도, 결국 나는 침대에서 나오지 못했다. 아무리 병이 난 몸이라도 자고 나면 회복될 거라고 낙관하고 있었는데. 역시 나는 예전의 내가 아니었다. 식욕이 없어서 식사도 거의 목으로 넘어가지 않았다.

나에게 쭉 붙어 있던 언니에게는 감기 때문이라고 얼버무렸지만, 믿었는지 아닌지는 자신이 없다.

결국, 언니는 나의 병간호 때문에 일정을 늘려 가루이자와에 남았다.

*

사흘 후, 오랜만에 상쾌한 기분으로 눈을 떴다.

테라스에 나가자 일찍 일어난 언니가 가든 체어에 앉아 토스트에 잼을 바르고 있는 중이었다.

"좋은 아침."

"어머, 좀 더 자지 그러니. 그리고 뭔가 위에 걸치는 것이 좋겠어."

언니가 잽싸게 일어서서 자신의 카디건을 나의 어깨에 걸친다.

"요란 떨지 마. 이제 꽤 괜찮아진 것 같으니까."

나도 언니 옆에 앉았다. 바아야가 막 우린 차를 가져왔다.

"사요코 씨는 아직 죽을 드셔야겠네요."

나의 의견은 듣지도 않고, 그렇게 말하고 안으로 들어간다.

"바아야의 말이 맞아. 감기는 다 나으려고 할 때 가장 조심해야 하는 거야. 쉽게 보면 안 돼."

언니가 나의 이마에 손을 가져다댄다.

"봐, 아직 조금 열이 있잖아."

바람이 기분 좋은 것은 공기가 맑기 때문만이 아닌 것 같다. 언니는 여전히 걱정스러운 얼굴로 미안한 듯 말했다.

"사실은 슬슬 돌아가야 해. 아픈 너를 남겨 두고 돌아가는 것은 걱정이지만——."

"어머, 거의 다 나았으니까 걱정할 것 없어. 부디 걱정하지 말고 돌아가시길."

"네가 그러니까 더 걱정이지 않니. 무리하지 마렴."

언니는 일부러 무서운 표정을 지어 보였지만, 전혀 위압

감이 없다. 나도 모르게 웃음이 터졌다.

그러나 나는 언니의 과보호를 얕보고 있었다. 혹시 그녀 나름대로 무언가 심상치 않은 것을 느꼈는지도 모른다. 아침 식사를 마치고 잠시 쉬고 나서 내 방으로 돌아가려는 도중, 나는 언니가 전화하는 소리를 듣고 말았다.

"네에, 네에, 그래요. 상태가 계속 안 좋아 보여서 걱정이에요. 어머니, 와 주실 수 없어요? 네? 아, 하야마 선생님도 같이 오신다면 안심이네요——. 일부러 선생님까지 오시다니, 조금 과한 것 같지만."

언니는 엄마에게 밀고했다. 그 결과, 주치의까지 대동해 오겠다는 엄마의 대응에 역시 놀란 것 같았다.

——혈액의 병입니다. 한시라도 빨리 입원하는 것이 좋습니다.

하야마 선생님의 목소리가 귓가에 되살아난다.

머리카락을 잃어버리는 치료를 한다고 한다. 치료를 해도 재발 가능성이 높고, 젊기 때문에 어느 정도 진행되었는지에 따라 여명이 결정된다. 어쩌면 치료조차 할 수 없을지도 모른다. 그것이 내가 걸린 병이다. 국외에서는 골수를 이식

하는 방법이 시도되는 것 같지만, 아직 성공에는 도달하지 못했다고 한다.

결국 단 2주의 바캉스조차도 마음대로 할 수 없었다.

갑자기 경치가 흔들렸다. 창문 너머로 펼쳐진, 햇빛이 내려앉은 나무들이 눈부시다. 세계는 이렇게도 아름다운데, 나는 이런 곳에서 사라지려 하는 것이다.

복도를 뒷걸음질 치다가 끼익하고 소리를 내고 말았다.

"사요코?"

언니가 깜짝 놀라 주변을 두리번거린다.

서둘러 그대로 내 방에 돌아와 살며시 문을 닫았다.

언니는 점심을 먹자마자 출가한 곳으로 돌아갔다. 배웅할 때도, 결국 엄마에게 전화를 건 사실을 밝히지 않았다. 알게 되면 도망칠 거라고 생각했을지도 모른다.

"모처럼의 휴일이었는데 병간호만 하게 해서 미안해. 언니는 이제 안심하고 돌아가."

언니는 기특한 말을 하는 나에게 어딘가 떳떳치 못한 얼굴을 한 채로 말없이 고개를 끄덕였다.

언니를 배웅한 뒤, 나는 또다시 몸이 안 좋아졌다.

바아야를 추궁하자 엄마가 내일 기차로 가루이자와에 도착한다고 털어놓았다. 그때가 내 바캉스의 끝이다——. 하지만 아직 시간이 필요했다. 조금만 더 평범한 소녀로 있고 싶었다.

어찌할 바를 몰라서, 나는 옷을 갈아입고 몰래 별장을 빠져나왔다.

바아야는 내가 얌전하게 침대에서 자고 있다고 생각하고 있을 것이다.

자전거를 몰래 가지고 나와, 집에서 조금 떨어진 곳에서 단숨에 페달을 밟았다.

그 도서실에 틀어박혀 있고 싶었다. 나를 완벽하게 이 세계에서 분리해 줄 지식의 공간 속에 틀어박히고 싶었다.

마음이 급한데 다리에 힘이 들어가지 않는다. 나의 몸과 의지가 너덜너덜하고 뒤죽박죽 겉돌고 있다.

주변은 이미 예전에 어두워졌다.

평소의 두 배 이상 시간이 걸려 겨우 사야마 저택에 도착했다. 정원에는 사람이 없고, 창문에서 흘러나오는 노란색 불빛에 비쳐 희미하게 그레이와 보라색 장미가 보인다. 아름다운 그것들이 그저 싫다.

현관으로 달려가 느닷없이 벨을 울린다. 곧 발소리가 나고 문이 열렸다.

"어쩐 일입니까? 이제 몸은 괜찮아진 겁니까?"

사야마 씨가 놀라면서 나를 맞이했다.

그 얼굴을 보자마자 무언가 파직 소리가 나며 부서졌다.

"무서워요. 너무나도 죽음이 무서워요."

갑작스러운 말에 사야마 씨가 한순간 숨을 멈춘 것이 느껴졌다.

어쩐지 몹시 추웠다. 한여름인데도 뼛속까지 차가워서 사실은 이미 죽은 것이 아닐까 하고 나의 존재가 의심스러웠다.

"어쨌든 안으로 들어오십시오."

사야마 씨가 나에게 거실로 들어오라고 했지만, 나는 싫다고 고개를 흔들었다.

"도서실에 데려다 주지 않으시겠어요? 시간이 없어요."

"──그럼 그렇게 하지요."

의외로 나를 바라보는 그의 눈동자에 동정이 아니라 공감이 떠올랐다. 그때 처음으로, 나는 무엇이 우리 두 사람을 이렇게도 강하게 연결해 주었는지 깨달았다.

그도 역시 어떤 병에 걸린 것이다.

우리는 둘 다 세계의 끝을 향해서 돌진하고 있는 것이 틀림없었다.

도서실에 들어가자 사야마 씨가 나직하게 말했다.

"이런 때, 어떤 수업이 어울리는지 저는 모릅니다. 역시 교사는 맞지 않는 것 같습니다. 학생들에게 인기도 없었고."

망연자실한 표정이 소년 같아 보인다.

"사야마 씨는 무섭지 않으세요, 죽는 것이?"

"저는 이미 몇 번인가 죽을 뻔했으니까요. 첫 번째는 병으로, 두 번째는 전쟁 중의 공습으로. 실연과 다르게 죽음은 익숙해지는 것 같습니다."

사야마 씨가 이쪽으로 시선을 돌렸다.

"그러나 당신은 아직 젊습니다."

"왜 저는—— 이 시대에 태어났을까요. 앞으로 5년만 있으면 치료약이 발명될지도 몰라요. 앞으로 100년 뒤에는 주사 한 번으로 나을지도 몰라요. 그런데 왜 이 시대에 태어나서 이 병에 걸린 걸까요."

사야마 씨가 느릿느릿 고개를 흔들며 대답한다.

"모릅니다. 사람들은, 죽음은 누구에게나 찾아오는 평등한 것이라고 말하지만, 역시 불평등하고 때때로 불합리한 것입니다. 공습당한 날 밤, 제가 단 1미터만 비껴간 곳에 서 있었어도 이웃사람처럼 산산조각이 나서 날아갔을 겁니다. 왜 제가 아니라 그였는지. 그것에 의미는 없는 것 같습니다."

침묵이 흘렀다. 5초였을까. 10초, 아니면 좀 더 길었을까. 그동안, 눈을 감고 있는 사야마 씨의 정신은 어딘가 먼 곳을 헤매고 있는 것 같아 보였다.

"죽을 때, 사람은 주마등처럼 자신의 인생을 돌아본다는 이야기를 들은 적이 있을 겁니다. 괴롭게도 공습에서 살아남은 저는, 그러나 큰 부상을 입고 며칠 동안 생사의 경계를 헤맸습니다. 그리고 폭격이 있었던 순간, 저도 마찬가지로 주마등을 보았습니다. 단지, 지금까지 들었던 적이 있는 주마등과는 조금 달랐습니다. 저는 빛 속에서 긴 터널에 들어가 어떤 지점을 향하고 있었습니다. 그 터널에는 시간 같은 것이 존재하지 않는지, 혹은 매우 천천히 흘러갔기 때문인지 시간으로서의 의미를 거의 잃어버리고 있었습니다. 마치 빛의 속도를 아득히 뛰어넘는 탈 것으로 이동하고 있는 것처럼 말입니다. 어디로 가고 있었다고 생각합니까?"

"글쎄요. 상상도 할 수 없네요."

쉰 목소리로 대답하자 사야마 씨는 미소 지었다.

"저는 어머니의 곁으로, 더 자세히 말하자면 자궁 안으로 급강하하고 있었습니다."

"그렇다면 배 속에 있기 전의 기억까지 주마등으로 나타났다는 건가요?"

"그렇습니다. 의심스러운 이야기지요."

확실히 바로는 믿을 수 없는 이야기다.

"괜찮습니다. 죽어갈 때 본 꿈이었으니 저 자신도 믿을 수 없었습니다. 그런데 말입니다. 전쟁이 끝난 후, 이 가루이자와의 땅에서 저는 한 장의 종교화를 보았습니다. 그것이 이것입니다."

사야마 씨가 일어서서 벽에 걸려 있던 그림 한 장을 액자째로 떼어내 조용히 테이블 위에 놓았다.

"르네상스 시대에 활약했던 히에로니무스 보스라고 하는 화가가 그린 작품입니다. 타이틀은 사후세계라고 합니다. 물론 복제화입니다만."

나는 눈앞에 놓인 그림에 시선을 떨어뜨렸다.

세로로 긴 종교화의 아래쪽에 천사들이 그려져 있다. 위쪽 반쯤에 긴 터널 같은 것이 그려져 있고, 반대편의 출구에서 부드러운 빛이 쏟아져 들어왔다. 전체적인 이미지가 마치 사야마 씨가 보았다는 태어나기 전의 기억과 딱 들어맞는 것처럼 보였다.

"한순간, 저의 이미지를 구체화한 그림이 아닌가 하고 눈을 의심했습니다. 보스는 축복받은 영혼이 빛의 안으로 승천하는 모습을 표현한 것 같습니다. 그러나 저는 이렇게 생각합니다. 저희는 이 빛의 세계에서 터널을 통과해 왔고, 같은 터널을 지나 다시 빛으로 돌아가는 것이 아닐까 하고. 시공의 법칙에서 자유로운 빛의 속도의 여행을 해서 말입

니다."

"하지만—— 무엇을 위해서 그런 여행을 하는 건가요?"

"글쎄요, 그것이야말로 영원한 수수께끼입니다. 이 육체 안에 있는 한 그 수수께끼는 풀리지 않을 것입니다. 다만 딱 한 가지, 전하고 싶습니다. 우리는 길고 긴 여행을 하고 있는 것입니다. 이 육체는 하나의 통과점이고, 여행의 도중에 지나지 않은 것이라는 느낌이 듭니다."

오히려 평온한 얼굴로 죽음에 대해 이야기하는 사야마 씨를 보고 있는 사이, 어쩐지 화가 치밀었다.

"그런 건 무(無)로 사라지는 것을 인정하는 것보다도 편하게 죽기 위한 방편이에요. 윤회전생을 말하시는 거잖아요?"

"그렇게 말할 수도 있겠군요."

"저는 그런 건 믿을 수 없어요. 우리는 단지 사라지는 거예요. 이 일생이 없었던 것처럼 이 세계에서 깨끗하게 사라져 버리는 거요."

물이 순환하듯, 흙이 대지로 돌아가듯 의식을 잃고, 이 별의 순환 속으로 들어간다. 만약 윤회전생이 있다면 자신의 유전자가 다음 세대에 남겨지는, 그런 세포 단위의 이야기일 뿐이다.

아직 사랑도 하지 않았다. 알고 싶었던 이 세계에 대해 반도 배우지 못했다. 하물며 유전자를 남기다니, 바랄 수도 없다.

왜 내가 시간을 부당하게 빼앗기는 것일까. 그저 아무것도 하지 않고 살아가는 사람들은 얼마든지 있는데. 왜 하필이면 내가 이렇게도 빨리 죽음을 맞는 걸까?

계속 눈을 돌리고 있었던 감정이 머릿속에서 소용돌이친다. 그러나 눈앞에 서 있는 사야마 씨를 앞에 두고 실제로 입에서 나온 말은 매우 단순한 외침이었다.

"무서워. 살려줘——. 사야마 씨, 저를, 살려 주세요."

말하며 사야마 씨의 팔 안으로 뛰어들었다. 그의 가는 팔이 나의 등을 천천히 쓰다듬었다.

"가엽게도."

뜨거운 영혼이 되어, 감정이 가슴 밑바닥에서 솟아오른다.

입으로 내뱉자, 나는 내가 인정하고 있던 것 이상으로 두려워했다는 걸 깨달았다. 마음을 내버려 두고 죽음으로 돌진하는 이 몸을 어떻게든 막고 싶은데, 방법은 어디에도 없다고 한다. 두려워서, 이 세계가 미워서 견딜 수가 없었다.

밖은 어느새 비가 내리기 시작한 것 같았다. 천둥소리가 나의 비명에 가까운 울음소리를 덮어 숨겨주는 것이 고마웠다.

드디어 눈물이 다 말랐을 때쯤, 사야마 씨가 아이를 대하듯 나의 등을 팡팡 때렸다.

"아마도 제가 당신보다 먼저일 겁니다. 그때, 사요코 씨에게도 빛으로 가는 터널이 준비되어 있다는 의미로 특별한 사인을 남기겠다고 약속하지요."

그것이 그저 위로라는 것을 알고 있지만, 나는 매달릴 수밖에 없었다.

"——그러면 푸른 장미를, 저에게 푸른 장미를 보여주면 믿을게요."

"그건 어려운 문제군요. 하지만 어떻게든 해 보지요. 그 대신 저에게도 약속해 주십시오. 제가 푸른 장미를 보여준다면 영혼의 존재를 믿겠다고. 터널을 빠져나가 다시 영원한 여행을 이어가는 것을 믿는다고. 불가능은 언젠가 반드시 가능해질 겁니다."

사야마 씨의 목소리가 나직이 스며든다.

창밖에서 언제까지나 빗소리가 울리고 있었다.

＊

그 밤의 다음 날, 엄마가 하야마 선생과 함께 가루이자와에 왔다.

이미 시간이 다 되었다. 짧은 여름방학은 끝났다.

사야마 씨에게 작별 인사를 할 틈도 없이 도쿄의 병원에 끌려 돌아온 나는 곧 치료를 시작했다.

셀 수 없이 많은 검사 후, 괴로운 치료도 받았다.

수술 후 복용을 시작한 강한 약 탓에 숱이 많았던 머리카락도 빠지고, 체중이 점점 줄어들었다.

언니가 모자를 많이 만들어 준 덕분에 매우 위로가 되었지만, 변함없이 죽음은 두려웠다.

드디어 햇빛이 여름의 위력을 잃을 때쯤, 죽음을 두렵다고 생각할 기력마저 잃고 말았다.

매일이 나른해 병실의 창문에서 하늘을 바라보는 것이 고통스러웠다.

내가 없어도 세계는 아름답다. 내가 없어도 시간은 흘러간다. 그리고 나의 세계는 끝난다.

손가락에 힘이 들어가지 않아 자수에 전혀 진척이 없었다. 언니에게 이길 수 있는 것은 자수 솜씨 정도였는데.

그러는 동안, 사야마 씨와의 편지 왕래가 마음의 위안이었다.

입원 초기에는 사야마 씨가 직접 써 주었지만, 머지않아 글씨가 흐트러지고 결국 타미 씨가 대필을 하게 되었다.

내용은 대개 푸른 장미에 관한 것과 가루이자와의 계절 변화에 대해서였다. 내가 그 땅을 떠났을 때는 푸르렀던 식물들이 지금은 멋지게 물들었다고 한다.

'아아, 가루이자와의 시간은 도쿄보다 조금 빠르구나.'라는 생각이 들자 나는 불길한 기분에 휩싸였다. 그러나 사야마 씨의 묘사는 너무나도 생생하고 글자를 쫓는 사이, 어느새 앞에, 눈이 번쩍 뜨이는 단풍이 펼쳐져 있는 것 같이 상쾌한 기분이 되었다.

사야마 씨가 보고 있는 세계는 언제나 축복으로 넘쳐나고 있었다.

도쿄도 간신히 하늘이 높아졌을 무렵, 나는 사야마 씨에게 한 통의 편지를 써서 보냈다.

죽음을 향해 나아가고 있는데, 어떻게 그렇게 세계를 받아들일 수 있습니까.

매우 무례한 질문이다.

그러나 그 물음에 대해 사야마 씨에게서 답이 오는 일은 없었다.

나는 기다렸다. 타미 씨의 반듯한 글씨로 수신인이 쓰인 흰 봉투를 매일, 매일 계속해서 기다렸다. 하지만 가을이 겨울로 바뀌어도 사야마 씨에게서 답신은 도착하지 않았다.

그에게 무슨 일이 생긴 것일까. 아니면 이미 사야마 씨는——?

진실을 아는 것이 무서워서, 나는 타미 씨에게 연락할 수가 없었다.

죽음은 분명하게 가까이 다가온다. 먼저 사야마 씨를 이 세계에서 소거하고, 다음은 나라고 생각하자 떨림이 멈추지 않는 밤도 있었다.

사야마 씨, 당신은 어떻게 죽음이 곁에 있는 것을 받아들였습니까. 왜 이제 아무것도 가르쳐 주지 않는 것입니까.

나에게 푸른 장미를 보여준다고 한 약속은 어떻게 된 것입니까.

그것은 어느 날 밤의 일이었다.

하늘이 맑아, 가루이자와 정도는 아니지만, 병실의 창문 밖으로 별이 반짝이고 있었다.

겨울이 다가오는 것이다.

어쩐지 가슴이 두근거려, 나는 억지로 침대에서 몸을 일으켰다.

어두운 방 안을 벽을 따라 신중하게 걷는다. 입구에 있는 실내등의 스위치를 누르고 돌아올 정도의 체력은 없었다. 입원 생활 탓인지 다리의 근육은 약해지고, 점적주사 때문에 멍투성이인 팔에도 힘이 잘 들어가지 않았다. 고작 침대와 창가를 왕복하는 것이 가능한 정도였다.

겨우 창에 손을 걸쳤다. 잠금을 해제하고 천천히 열자 차갑게 식은 공기가 뺨을 쓰다듬었다. 아주 조금의 이동으로 가슴이 불쾌하게 두근거렸다. 별을 올려다보자 바로 앞에서 눈 아프게 빛나거나, 반대로 아득히 먼 곳으로 사라져가는 것처럼 보였다.

신음 같이 헉헉거리는 자신의 숨소리가 들려왔다.

순간적으로 좋지 않은 상태라고 느껴 창틀에 기대었지만, 서 있지 못하고 병실 바닥에 무릎을 찧었다. 너스콜은 너무나 멀다. 거친 숨을 뱉으며 밤하늘을 계속해서 올려다보았다.

잠시 후, 나는 숨을 삼켰다. 약간 하얗던 별들의 빛이 일제히 진하고 깊은 푸른색으로 빛나기 시작했다. 마치 하늘 전체에 푸른 장미가 핀 것처럼.

이상한 일이었지만, 나는 등 뒤에서 확실하게 사야마 씨의 손의 온기를 느꼈다. 그뿐 아니라 바로 귓가에서 그의 목소리가 들렸다.

──약속은 지켰습니다. 안심하고 뒤따라오세요, 이 그립고도 평온한 곳으로.

목소리와 함께 장미 향기가 강하게 풍긴다.

아름답다, 아름답다, 푸른 장미는 아직 하늘 가득 피어 있다. 이윽고 그것들이 천천히 흩어지기 시작해 우주에서 이 병실로, 푸른 장미 꽃잎이 팔랑팔랑 춤을 추며 떨어졌다.

아아, 사야마 씨는 가 버렸다.

그러나 그저 사라진 것이 아니라 분명히 어딘가로 간 것이다.

병실 바닥이 새파란 꽃잎의 융단으로 가득 차서, 나는 전에 없이 평온한 기분으로 그 위에 쓰러졌다.

*

나는 유리창 너머 겨울의 정원을 바라보며, 집중하여 바늘을 움직이고 있다. 자수는 이제 완성까지 몇 바늘 남지 않았다.

괴로운 치료를 멈추기로 결심하고, 나는 가루이자와로 돌아왔다. 그렇다고 해도 이곳은 별장이 아니라 요양소다. 또다시 터널을 넘기까지 조용히 남겨진 시간을 보낼 장소.

하야마 선생도 찬성해 주었다.

그 병실에서 밤이 밝자마자, 나는 타미 씨에게서 사야마 씨의 부고를 알리는 전보를 받았다. 확신은 하고 있었지만, 역시 그 밤의 일은 쓰러진 인간이 본 단순한 환상이 아니었다.

그 밤 이래, 사야마 씨의 말대로 푸른 장미는 나의 안에서 불가능의 대명사가 아니게 되었다. 불가능을 가능으로 만든다, 불가능한 일은 언젠가 가능하게 된다. 설령 나의 시대에는 오지 않더라도.

나는 겨우 나에게 남겨진 시간과 마주할 수 있었다. 공포와 분노는 점점 몸에서 빠져나가고, 지금은 그저 이 세계에 대한 사랑스러움과 감사만이 몸에 흘러넘치는 것 같았다.

어딘가 봄과 닮은 부드러운 햇빛 아래서 자수를 놓는 것만으로 흡족한 기분이다. 이 세계의 오늘이라는 시간이 견딜 수 없이 소중하고, 빛나고 있다.

계속 정하지 못했던 자수의 장미색은, 물론 푸른색으로 했다. 사실은 사야마 씨와 만난 시점에 이미 정해져 있었던 것인지도 모른다. 그것은 선명한 푸른 색 외에는 있을 수 없다고.

블루로즈, 이 세계에 아직 존재하지 않는 장미. 하지만 언젠가 모든 불가능이 가능해지길. 미래의 희망을 걸고, 푸른 장미의 자수를 완성하자.

빛의 속도의 여행으로 나의 시간을 멈추지는 못했지만, 과학이 발전해서 나와 같은 병은 주사 한 방으로 치료할 수 있는 세계가 될지도 모른다.

"이제 조금만 더하면 돼."

후우, 숨을 내뱉고, 나는 손수건을 자수틀에서 빼내어 햇빛에 비추어 보았다. 내가 했지만 멋진 솜씨였다. 한 땀의 흐트러짐도 없이 푸른 장미의 꽃잎이 호흡을 하고 있는 것처럼 생생하고 아름답다. 향기마저 풍겨오는 것 같다.

"예쁘네."

갑자기 뒤에서 목소리가 들렸다.

뒤를 돌아보자, 눈길을 끄는 미인이 만족스러운 웃음을 지으며 서 있다. 언니보다 조금 연상일까.

레이스가 멋진 흰 셔츠를 입고 팔짱을 낀 채 서 있는 모습이 잡지에서 빠져나온 것 같다. 이국적인 얼굴은 어쩌면 정말로 이국의 피가 섞여 있을지도 모른다.

"잠깐 봐도 될까?"

"예에, 물론이죠."

손수건을 건네자, 그 여성은 역시 햇빛에 푸른 장미를 비춰 바라보기 시작했다. 눈을 가늘게 뜨고 천천히, 내가 부끄러워질 정도로 진지하게. 이상한 이야기지만, 그녀의 눈초리는 한 땀 한 땀 담은 나의 마음속까지 들여다보고 있는 것 같았다.

"관심이 가는 사람은 만나지 못했지만, 생각지도 못한 선물과 만난 것 같은 느낌이네. 이거, 얼마면 넘겨 줄 수 있을까?"

놀리는 것이라고 생각했다. 아마추어가 자수를 놓은 손수건을, 산다?

"하지만 이건 팔려고 수를 놓은 것이 아니에요."

"어머. 선물할 상대가 정해져 있어?"

여성은 실망한 듯했다. 나는 느릿느릿 고개를 흔들었다.

"아니요. 누구라고 정해 놓은 것은 아니지만——."

특별한 마음을 담은 손수건이다. 어머니나 언니, 혹은 타미 씨만 허락한다면, 이라고 어렴풋이 생각하고 있었다.

그러나 손수건을 향한 여성의 눈초리를 보는 사이에 마음이 움직였다. 그녀라면 나의 마음째, 이 손수건을 소중하게 간직해 줄 것이라는 느낌이 들었다.

"만약 원하신다면 파는 게 아니라 드릴게요."

"정말로? 그러면 너무 미안한데."

"괜찮아요. 하지만 아직 조금 더 걸릴 것 같아요. 마무리까지 삼 일 후라면 드릴 수 있을 것 같아요."

여성은 고개를 끄덕이고 나에게 말했다.

"그러면 답례라고 할 정도는 아니지만, 아는 사람의 정원에서 푸른 장미를 꺾어 가져올게."

"푸른 장미? 하지만 푸른 장미 같은 건 없잖아요?"

"그래, 하지만 색다른 것을 좋아하는 사람이 있어서 말이지. 어떻게 해서든 푸른 장미를 만들 수 없을까 하고 이 근처에서 연구하고 있었어. 매년 여름에 방문했는데 올해는 조금 늦어서. 그랬더니 이미 만날 수 없게 되어 버렸어."

조금 놀랐다. 그 색다른 것을 좋아하는, 아는 사람이란 아마도——.

물으려다가 그만두었다. 괜찮다. 사후세계의 일도, 이 별의 비밀도, 그녀의 아는 사람도, 그 모든 것에 답이 없어도 괜찮다고 생각한다.

"그러면 삼 일 후에 또 올게."

등을 돌린 그녀에게 말을 건다.

"저기, 왜 이 손수건이 마음에 들었어요?"

조금 생각한 후, 그녀가 대답했다.

"손수건이 아니야. 당신의 마음이 좋았어. 분명 이 푸른 장미는 언젠가 누군가에게 닿아서, 그 사람을 구원할 거야. 열기를 담아 만든 수제품은 그런 것이지. 그래, 아트인 거야."

"——고마워요."

역시 그녀에게 주기로 하길 잘했다.

아마추어의 소일거리에 아트라는 말을 들어서 조금 쑥스럽다. 하지만 그녀의 생각이 나에게 깊은 위안을 주었다. 나의 마음이 누군가의 손에 전해지는 것이다. 아직 시간이 있는 누군가에게.

언젠가 이 장미가 그 누군가를 위로해 줄 수 있다면 그것도 하나의 기적이다. 내가 살아간 이 시간에도 의미가 있었다, 내가 또 한 번 피어났다고 생각할 수 있을 것 같았다.

"정말, 정말로 기뻐요."

나의 말에 그녀가 살짝 미소 짓고 떠나갔다.

삼 일 후, 나는 푸른 장미의 손수건을 완벽히 완성했다.

휠체어에 앉은 채로 크게 숨을 내쉬고 정원 너머를 바라보자, 어느새 계절에 맞지 않는 장미가 활짝 피어 있었다.

그 장미는 자수 실보다 선명한 푸른색으로, 태양빛에 비추어 빛나고 있다.

장미 속에 터널이 보였다. 그 너머에서 부드러운 빛이 쏟아지며, 나의 마음은 전에 없이 평온하게 가라앉았다.

천천히 휠체어에서 일어났다.

몸이 가볍다. 항상 몸을 지배하고 있던 나른함은 사라지고, 마치 장미 틈을 빠져 나가는 바람이라도 된 것 같다.

드디어 여행을 떠날 때가 온 것이다.

터널을 향해 한발 내디딘다.

강한 기시감에 휩싸여, 내가 지금까지 몇 번이고 이 터널을 왔다 간 기억이 되살아났다.

왜 지금까지 잊어버리고 있었을까.

우리는 여행하는 도중에 있다. 길고 긴, 여행의 도중이다.

사야마 씨의 목소리가 귓가에서 되살아나, 나는 조용히
고개를 끄덕였다.

바다를 담은 펜던트 ── 에드워드

지금은 완전히 깔끔하게 도장되어 있지만, 제가 이 나하에 살고 있었을 당시, 이 언덕은 흙먼지가 날리는 벌거숭이의 건조한 산길이었습니다.

　그 뒤 오키나와 전쟁의 비참함을 생각하면, 이 섬은 정말로 풍요로운 근대도시로 다시 태어났습니다. 훌륭한 부흥입니다. 나하 시내의 모습도 마치 다른 거리처럼 어딘가 쓸쓸함마저 느껴질 정도입니다.

　약 40년 전의 기억을 상기시키며 다시 언덕길을 올라갑니다. 당시에는 경쾌하게 뛰어 올라갈 수도 있었지만, 지금은 아픈 무릎을 조심하며 올라갑니다. 좌우에 울창하게 자란 나무들 사이, 어쩐지 기억에 있는 오솔길이 국도에서 갈라져 나온 것을 발견했습니다.

이 오솔길의 끝입니다. 그리운 스승님, 나치 씨와 함께 살았던 안채, 그리고 떨어진 공방이 있던 것은.

설레는 기분을 필사적으로 억누르며 오솔길로 들어갑니다. 어쩌면 스승님이 또 시치미 떼는 얼굴로 공방 밖에서 담배를 피우며 앉아 있지 않을까. 어쩌면 나치 씨가 새카맣고 빛나는 눈동자로 창밖을 바라보고 있지 않을까.

그런 바보 같은 생각이 완전히 노쇠한 심장을 세차게 뛰게 합니다.

아아, 이 산길은 조금도 변하지 않았습니다. 그립다. 희미하게 짠 냄새가 나는 바람이 무성한 나무들 사이를 지나갑니다.

이렇게 시간이 흘러도 오솔길이 남아 있다는 것은, 지금도 사람의 왕래가 있다는 증거임이 틀림없지 않겠습니까.

이제 금방입니다. 이 커브를 돌아가면 스승님과 살던 집이, 행복했던 나날이 숨겨져 있습니다.

땅에서 자라난 나무들의 뿌리에 걸려 넘어지지 않도록 주의하며, 나는 신중하게 길을 나아갔습니다. 신기하게도 이런 길을 걷는 방법을 몸이 기억하고 있는 것 같습니다.

이제 곧, 커브가 끝납니다.

그리운 집은, 공방은 아직 있을까요.

확인하는 것이 두려워서, 저는 눈을 세게 감고 커브를 돌았습니다.

천천히, 천천히 눈을 뜹니다.

짠바람이 강하게 불어와, 한층 더 바다 냄새가 나기 시작했습니다.

"——아아."

저도 어떤 감정의 발로인지 모를 신음이, 나무들의 잎사귀가 스치는 소리 사이로 섞여 들어갑니다.

먼 곳에서 파도 소리가 들리며 40년 전의 광경이, 지금, 오래된 영화를 보는 것처럼 눈앞에 되살아납니다.

* * *

제가 태어나 자란 곳은 영국의 그레이트 야머스(Great Yarmouth)입니다.

이곳 나하와 마찬가지로 그레이트 야머스도 해변 마을입니다만, 오키나와의 바다와는 달리 짙은 녹색의 바다가 펼쳐져 있습니다. 마을 사람들은 보다 과묵하고 배타적이어서, 휴양을 오는 사람들이 보는 표면상의 얼굴을 걷어치우면 어부의 마을다운 난폭함과 순박함이 공존하는 지역이었습니다.

그런 환경 속에서, 어째선지 저는 어릴 적부터 유리 공예라는 것에 매료되었습니다. 아기 때부터 근처의 바닷가에 밀려온 유리석을 주워서는 기뻐했다고 하니 확고한 신념입니다.

그것은 여섯 살쯤이었을까요. 가족과 런던을 방문했을 때, 예술과 디자인 분야에서 세계에 견줄 곳이 없다는 빅토리아&알버트 박물관으로 향하여, 유리 세공에 관한 전시를 질리지도 않고 바라봤을 때, 그 가슴의 두근거림이란. 이슬람의 정교하고 치밀한 유리 세공, 중국의 에그조틱한 건륭제의 유리, 아르누보의 현란한 유리 세공들———.

학교의 동급생들은 대개 어업이나 관광업에 종사했지만, 저는 중등교육을 마치고, 단신으로 유럽 유리 공예의 중심

지인 베니스로 건너갔습니다.

청어잡이 한길이었던 아버지는 남자가 유리 공예 따위에 심취하다니, 라고 맹렬히 반대했습니다만, 어머니만이 나의 편이 되어 저를 몰래 그레이트 야머스 밖으로 내보내 주었습니다. 밤에 도버해협을 건너는 화물선에 올라타, 가출과 다름없이 저는 고향을 뒤로했습니다.

이주노동자로 일하며 프랑스에서 이탈리아로 남하해 갔습니다. 세계대전 후에 여권이 필요하게 되었습니다만 신체검사 등도 거의 없어서, 저는 바게트를 갉아먹으며 열차를 타고 국경을 넘었습니다.

베니스의 유리 장인 수행은 매우 멋진 일이었습니다.

제가 모신 스승님은 일류 장인들이 솜씨를 겨루는 베니스의 거리에서도 1, 2등을 다투는 솜씨였습니다. 새로운 것을 좋아하는 사람으로, 당시 이탈리아어도 제대로 말하지 못하고, 어떤 공방에서도 문전박대를 당했던 저를 진귀한 유리라도 발견한 것 같은 얼굴로 받아 주었습니다.

밝고 개방적인 이탈리아 사람들. 라틴의 피를 폭발시키는 듯한 감정 표현은 앵글로색슨인 저에게는 매우 어린 아이

같아서, 때때로 두 손 두 발을 들 때도 있었습니다만, 그들의 아트에 대한 정열과 역사를 넘어 전해져 온 훌륭한 기술 덕분에 매일이 자극으로 넘쳐나고 있었습니다.

공방에서 일하기 시작해서 5년 정도 지났을 때였을까요.

스승님이 저를 스승님댁의 점심 식사에 초대해 주었습니다. 그때, 일본에서 온 진귀한 유리라며 보여주었던 것이 유구(오키나와의 옛 이름) 유리의 컵이었습니다.

그 깊은 푸른색과 투명한 공기의 장식에, 저는 한눈에 매료되었습니다. 기술만으로 말하자면 베네치안 글라스 쪽이 몇 배나 세련될 것입니다. 그러나 유구 유리는 그 소박함 때문에 강한 존재감을 발하는 것처럼 보였습니다.

그것뿐이 아닙니다.

바다입니다. 유구 유리에는 바다 그 자체가 담겨 있었습니다. 바라보는 사이, 파도 소리마저 들려오는 것 같았습니다.

"Keberro(이 얼마나 아름다운가)."

스승님을 향해 그렇게 말하는 것이 최선이었습니다.

그 이후, 저는 유구 유리의 노예가 되었습니다.

이제 돌아갈 수도 없는, 고향 그레이트 야머스의 바다. 기억의 밑바닥에 새겨져, 밀려와 되돌아가기를 반복하는 파도 소리. 지금 생각하면 저는 마음속으로 항상 바다를 그리워했던 것인지도 모릅니다.

그 뒤로 4년의 수행을 거쳐 간신히 한 사람 몫을 할 수 있다고 인정받았을 무렵, 저는 만반의 준비를 하고 오키나와로 가기로 했습니다. 이번 여행은 도버를 건너는 정도가 아닌 긴 것이었지만, 저는 어떻게든 일본이라는 나라의 끝에 있는 오키나와에 도착했습니다.

고향을 뛰쳐나와 벌써 10년, 저는 스물다섯 살이 되어 있었습니다.

*

"에드, 잠깐 쉴게."

이것이 오키나와 스승님의 말버릇입니다. 스승님은 에드워드라는 저의 이름을 끝까지 외우지 못하고, 저를 에드라는 별명으로 불렀습니다.

수건으로 땀을 닦으며 이쪽으로 다가오는, 주름이 깊고 볕에 그을린 얼굴은 어쩐지 미워할 수 없어서, 언제나 저도 모르게 웃고 맙니다.

"스승님, 아직 조금밖에 일하지 않았습니다."

"일했어, 일했어."

그는 매우 게으른 사람입니다. 이탈리아로 건너갔을 때도 사람들이 몹시 일하지 않는다고 생각했습니다만, 이 오키나와의 스승님은 이탈리아인과는 비교도 되지 않을 정도로 일하는 것을 싫어하는 모양입니다.

유리 공방에 있는 시간보다 투명한 바다에 낚싯줄을 드리우고 있는 시간이 훨씬 길고, 아와모리라고 불리는 지역의 술을 마시며 술 동료인 순경과 유타라고 불리는 무녀 비슷한 역할을 하는 할머니와 함께 삼신(오키나와의 발현악기. ─옮긴이) 소리에 맞춰 춤추는 것을 좋아하는 사람이었습니다.

그런 이유로 저의 주된 역할 중 한 가지는 스승님의 외동딸인 나치 씨에게 부탁받아서 행방불명이 된 스승님을 찾아다니는 것. 사랑하는 부인은 나치 씨가 어릴 때 돌아가셨다고 합니다.

어느 만에서 낚싯줄을 드리우고 있는지, 어느 집에서 아와모리를 마시고 있는지, 고양이처럼 제멋대로인 스승님의 행동을 참을 수가 없었습니다. 운 좋게 한 번에 발견했을 때는 무의식중에 신께 감사드릴 정도였습니다.

이렇게 말하면 저의 오키나와 생활이 순조롭게 시작된 것처럼 들리지만, 오키나와 섬에 도착했을 당시, 저는 망연자실했습니다.

베니스 스승님의 집에서 봤던 그 유리가 어쩐 일인지 어디에서도 보이지 않았기 때문입니다.

분명히 유리 공방은 여기저기 있었지만, 어떤 공방의 기술도 매우 심플해서 기포나 눈을 번쩍 뜨이게 하는 그 푸른 발색은 발견하지 못했습니다.

그것도 그럴 만했습니다. 재료로 사용되는 폐유리는 주로 투명하니 당연히 완성된 유리도 투명한 것, 혹은 선명하지 않은 색조의 것으로, 제가 본 유구 유리와는 전혀 비슷하지 않은 것이었습니다.

그것은 베니스 스승님의 착각이었다고 포기하려는 때, 저는 오키나와의 스승님과 만날 수 있었습니다.

스승님은 특이한 사람으로, 주변의 유리 장인들과 교류가 전혀, 라고 해도 좋을 정도로 없었습니다. 그뿐 아니라 스승님이 유리 장인인 것을 아는 사람도 거의 없는 것 같았습니다. 좀처럼 움직이지 않고, 작품도 매우 적었습니다. 그러나 가끔씩 작품 하나를 완성하면 그것을 놀랄 정도로 높은 가격을 받고 해외의 손님에게 판다는 것은, 나중에 알았습니다.

그리고 그중 한 작품이 제가 베니스에서 본 유구 유리였던 것입니다.

스승님은 어떻게 한 것인지 해외와 상거래 루트를 가지고 있어서, 통상적으로는 손에 들어오지 않는 원료를 사용한 독특한 작품을 만들어 냈습니다.

그러면 어떻게 제가 스승님의 존재를 알 수 있었던 것일까.

스승님께 유구 유리의 재료를 유통하던 사람은 나가사키에 사는 미국인이었는데, 저는 그를 통해서 스승님과 대면하게 되었습니다.

어쨌든 스승님의 거래는 매우 신중하게 감춰져 있습니다.

바로 그즈음, 동남아시아를 둘러싼 상황은 해마다 심상치 않은 낌새를 더해가고 있었습니다. 어쩌면 스승님은 아티스트다운 섬세함으로 누구보다도 불길한 미래의 흐름을 느꼈을지도 모릅니다. 스승님의 느긋한 태도를 보고 있으면 설마 저 사람이 진지하게 세계정세를 생각할 리 없다고 생각하겠지만——.

그러나 실제로, 저를 받아들이는 조건으로 사람들 눈에 띄지 말라는 말을 듣고, 저는 거의 대부분의 시간을 공방과 안채에 있는 스승님의 집에서 조용히 보냈습니다.

또 한 가지, 스승님이 저를 굳이 제자로 들인 이유는 제가 외국인이라 영어를 할 수 있었기 때문에, 그리고 베니스에서 유리 공예를 배운 것이 컸다고 생각합니다. 유리 만들기뿐 아니라 외국인 상인들과 재료비의 절충도 저의 담당이 되었습니다.

스승님은 언제나 제가 베네치안 글라스를 만드는 것을 즐거운 듯이 바라보았습니다. 정말로 아이같이 눈을 빛내면서. 그렇다고 해서 절대로 자신이 만들려고는 하지 않습니다.

"스승님, 만들어 보지 않겠습니까? 스승님이라면 분명 멋진 글라스를 만들겁니다."

그러나 스승님의 대답은 언제나 같습니다.

"나는 이 땅밖에 모르는걸."

그렇게 말하고 자신은 하루 종일 낚싯줄을 드리우거나, 오키나와의 바다를 바라보며 살고 있는 것이었습니다.

오늘은 삼 일 후에 납품 예정인 꽃 그릇을 만들기 위해, 아침부터 스승님을 공방에 가두어 두었습니다.

동문 선배인 슈진과 둘이서 말없이 각자의 작업에 집중하면서 스승님이 도망치지 않는지 감시했지만, 스승님은 멍하니 테이블에 팔꿈치를 괴고 아무것도 하지 않았습니다.

그러더니 한 시간도 채 지나지 않아 자리에서 일어서며, 평소 같은 말투로 말하며 다가왔습니다.

"에드, 잠깐 쉴게."

빨리도 포기한 것 같습니다.

"노우, 삼 일 뒤까지 꽃 그릇을 만들기로 약속했습니다."

"그렇기는 하지만 말이지. 언젠가는 할 거야. 머릿속에

니라이카나이의 신님이 말이야."

'니라이카나이'는 바다 저편에 있다는 신들의 나라로, 오키나와 사람들은 그 땅의 신들이 바다를 건너온다고 믿고 있습니다. 이 경우, 스승님이 머릿속에 신님이 내려온다고 표현한 것은 예술적인 인스피레이션을 말하는 것이겠죠.

"그럼 오지 않으면 어떻게 합니까?"

그만 어린아이를 혼내는 것 같은 말투로 말했을 때, 문득 날이 밝은 공방의 창밖에서 강한 바람이 불어왔습니다.

"어라, 신님이 아니라 카타부이(오키나와 특유의 기상 현상으로 국지적인 소나기.—옮긴이)가 오는 건가."

스승님이 이마를 손바닥으로 때리고 웃었습니다.

카타부이라는 것은 스콜과 비슷한 소나기를 말합니다. 공방 주변만이 검은 비구름에 덮여 있고, 그 너머로 보이는 투명한 바다 위는 맑게 개어 있었습니다.

갑자기 번개와 함께 강한 비가 지붕에 쏟아졌습니다. 그것은 정말 비구름이 이상해진 것이 아닐까 할 정도로 내리는 바람에, 창밖의 시야가 희미했습니다. 그러나 몇 분 동안 멈추지 않고 내리던 비가 드디어 만족한 것처럼 깔끔히 그치고, 대신 방문한 것은 놀라 숨을 멈출 정도의 저녁노을 이었습니다.

하늘 전체가 선명한 붉은색으로 물들기 시작했습니다.

"에드, 아버지, 다녀왔어요."

스승님의 딸인 나치 씨가 장 본 야채를 잔뜩 가지고 들어 왔습니다. 아무래도 카타부이를 용케 피해온 듯, 많이 젖지 않았습니다.

"다행이다. 비에 젖지 않았군요."

"저는 운이 좋거든요."

남색 기모노 차림의 나치 씨가 웃습니다. 그녀가 웃으면 어떤 어두운 곳에서도 빛이 쏟아져 들어오는 것처럼 밝아 집니다.

볕에 그을린 피부에 스승님과 닮은 반짝반짝 빛나는 큰 눈동자. 긴 속눈썹, 윤기 나는 검은 머리카락이 저녁 바람 에 나부끼며, 그녀야말로 니라이카나이의 사자처럼 보였 습니다.

"어머, 아버지는? 또 마시러 나돌아 다니고 있나."

나치 씨의 말에 공방을 둘러보니, 어느새 눈앞에 있던 스승님이 보이지 않습니다. 당황하며 찾자, 옆방의 창문에서 몸을 내밀어 밖으로 양손을 뻗고 있었습니다.

"스승님, 왜 그러십니까?"

지금까지 말없이 램프의 등피를 만들고 있던 슈진이 얼굴을 들며 말했습니다.

"그런 것도 모르는 거냐? 스승님에게 니라이카나이의 사자가 온 거야."

조금 깔보는 것 같은 말투였습니다. 그는 처음부터 제가 마음에 안 들었던 듯, 이것저것 트집을 잡는 면이 있었습니다. 저도 또한 욱해서 입을 다물었습니다. 핵심을 찔려 조금 분하기도 했습니다.

그런데 스승님께 드디어 기다리고 기다리던 인스피레이션이 온 것 같았습니다. 평소에는 무사태평 그 자체였던 표정이 다른 사람처럼 긴장하며 무언가에 홀린 듯 작업장으로 이동했습니다. 귀기가 서린 분위기는 조금 무서울 정도로, 그 탓에 공방 전체의 공기가 카타부이처럼 격렬함을 간직한 것으로 바뀌었습니다.

스승님은 먼저 일심불란하게 조합을 시작했습니다. 그 조합이야말로 아티스트의 자랑할 만한 솜씨 중 하나로, 어떤 색의 유리가 완성되는지를 결정하는 중요한 부분입니다.

규사라고 불리는 모래에, 소다회와 석회, 외국의 상인들에게서 특별히 손에 넣은 착색을 위한 금속산화물을 섞습니다. 이번에 스승님은 셀렌과 유황을 첨가한 것 같습니다. 먼저 말한 것처럼 이 배합 기술은 오키나와의 그 얼마나 뛰어난 유리 장인도 가지지 못한 것입니다.

나는 배합된 금속산화물을 보고, 스승님이 조금 전의 저녁노을에서 착상을 얻었다는 것을 깨달았습니다. 두 개 다 붉은색과 주황색을 낼 때 사용하는 것이기 때문입니다. 그 외에도 여러 가지 색의 병과 식기의 폐재료가 비축되어 있어, 스승님은 그것 중에서 신중히 색조를 확인하며 고르는 것 같았습니다.

저의 바로 옆에 있는 슈진도 숨 쉬는 것을 잊은 것처럼 스승님의 작업에 빠져 있었습니다.

일은 보고 배워라, 라고 한 것은 아니었습니다만, 보시다시피 게으른 스승님입니다. 사람에게 무엇을 가르치는 것은 맞지 않는다고, 좀처럼 저희에게 가르쳐 주지 않는 사람입니다.

그래서 이렇게 스승님이 작업하는 드문 기회를 저도, 슈진도 놓치지 않고 보면서 자신의 것으로 만드는 수밖에 없었습니다.

스승님은 망설임 없이 조합을 끝내고 불이 올라오는 도가니에 넣었습니다. 1000도를 넘는 열로 약 하룻밤, 유리를 녹이는 것입니다.

지금까지 긴장되었던 공기가 갑자기 누그러졌습니다.

"아아, 놀랐어, 놀랐어. 그럼, 아와모리로 한잔할까?"

뒤를 돌아보며 웃는 스승님의 이마에 땀방울이 빽빽이 올라와 있었습니다만, 이미 평소의 태평한 얼굴로 돌아와 있었습니다.

그날 밤 안채에서는, 근처에 사는 순경이 언제 나타났는지 아와모리를 마시며 기분 좋게 삼신을 켜고 있었습니다. 이 사람은 공무보다도 민요를 사랑하는 사람이어서 스승님과도 퍽 죽이 잘 맞는 듯합니다. 제가 아는 한, 스승님이 유리를 제작하고 있다는 비밀을 알고 있는 사람은 이 순경과 유타 할머니뿐. 아무리 주문이 밀려도, 잠깐 눈을 뗀 사이에 낮부터 술잔치를 벌이는 골치 아픈 패거리입니다만——.

부엌에 그릇을 가지러 가자, 슈진이 의자를 가져와 나치 씨의 옆에 앉아서 무언가를 이야기하고 있는 중이었습니다. 저는 무심코 입구에서 발을 멈추었습니다.

"그런데 어차피 한가하면 나와 같이 불꽃놀이를 보러가자. 나 말고도 이 근처에 사는 젊은이들이 모일 예정이야. 재밌을걸?"

"하지만—— 그날은 약속이 있어. 그리고 모르는 사람이 많으면 불편하고."

"그런 건 날을 바꿔달라고 하면 돼."

"약속은 약속인걸."

엿들을 이야기가 아닌 것을 직감하면서도, 나는 왠지 부엌의 입구에서 움직일 수가 없었습니다. 두 사람은 저를 알아차리지 못했습니다.

"——저 코쟁이가."

그것이 나를 가리키는 차별적인 말이라는 것은 알고 있었습니다.

"그런 식으로 말하지 마. 에드는 굉장히 좋은 사람이고, 내가 모르는 외국의 이야기도 많이 해 주니까."

"스승님도 왜 저런 녀석을 이런 시기에 숨겨두고 있는 건지. 다들 슬슬 미국이나 영국과도 전쟁이 일어날 거라고 말하고 있어. 게다가 이번에는 전보다 훨씬 클 거라는데."

"──그렇다면 적국의 사람과 거래하고 있는 아버지도 체포당할지 몰라. 조합의 재료도 외국 사람에게서 들여오는 것이고."

나치 씨의 목소리가 더욱 굳어졌습니다.

"──별로, 스승님은 나쁘지 않아. 좋은 유리를 만들고 싶을 뿐이니까."

슈진이 어물거렸습니다.

저에게는 과격한 말투로 이야기하는 슈진도 나치 씨에게는 어쩐지 약해지는 것 같았습니다.

아무래도 슈진이 나치 씨에게 제안한 것은 이번 주 일요일인 것 같습니다. 그날, 저와 나치 씨는 피크닉을 갈 예정이었습니다.

공방을 거의 나갈 수 없는 저의 소소한 휴식도 겸해서, 사람의 눈이 적은 산의 들판에 갈 예정입니다. 그 들판은 슈리성 유적을 시작으로 나하의 거리를 한눈에 볼 수 있는 곳이어서, 저도 외출을 기대하고 있었습니다.

나치 씨가 저와의 약속을 우선해 준 것이 기쁘고 자랑스러운 동시에, 슈진의 말에 불안해졌습니다.

세계정세는 생각하고 있던 것보다 훨씬 불안정했던 모양입니다. 일본만이 아니라 세계의 나라들이 뭔가 보이지 않는 실로 조종되는 것처럼 어리석은 대전쟁으로 돌진하려고 하고 있습니다.

오키나와의 사람들은 개방적이고 모두 친절합니다. 전쟁에 관해서도 어딘가 느긋하게 생각하는 면이 있는 것 같습니다만, 모두가 그렇다고는 장담할 수 없습니다. 제가 되도록 외출을 자제하는 이유는 스승님이 시켰기 때문이 아니라 저 같은 외국인과 교류한다는 이유로 스승님이나 나치 씨에게 폐가 되지 않도록 자발적으로 경계하고 있는 것입니다.

아무리 사람들이 태평하다고 하더라고 전쟁은 사람을 변

하게 합니다. 이 몸에 위험이 닥치지 않는다고 장담할 수 없습니다. 불길한 예감은 항상 가슴속 밑바닥에 자리하고 있습니다.

그러나 저는 아직 절대로 공방을 떠날 수 없습니다. 스승님처럼 오키나와의 바다를 그대로 담아낸 것 같은 유리를 스스로 만들고 싶습니다. 베니스에서 유구 유리와 만났을 때 몸을 꿰뚫는 듯한 감동을, 저의 작품에서도 맛보고 싶습니다.

저의 마음은 화로보다 뜨겁게 타고 있습니다.

*

무사히 꽃 그릇을 납품한 그 주말, 저는 미리 약속한 대로 나치 씨와 피크닉을 강행했습니다. 나치 씨가 만든 도시락은 정성이 담겨 있습니다. 주먹밥과 달걀말이, 돼지고기 여주 볶음 등 보기에도 좋아서 식욕을 자극합니다.

무엇보다 나치 씨가 오늘을 위해 일찍 일어나서 만들어 주었다고 생각하면 자연히 마음이 들뜹니다.

클로버의 들판에 천을 깔고 앉자, 나치 씨가 살짝 입을 삐죽이며 말했습니다.

"얼마 전에 듣고 있었죠, 저와 슈진의 이야기?"

흠칫했습니다. 나치 씨는 훔쳐들은 것을 알고 있었습니다.

"알고 있었습니까? 죄송합니다. 비겁했습니다."

강한 해풍이 불어옵니다. 칠흑 같은 머리카락을 나부끼는 나치 씨의 옆모습은 매우 아름다워서, 마치 니라이카나이의 여신이 내려와 나에게 묻는 것 같았습니다.

"그런 것으로 화내지 않아. 그런 뜻이 아니라, 나치 씨는 나와 약속이 있습니다, 라고 말해 주지 않을까 하고 기다렸는데."

나치 씨는 제 쪽으로 눈을 치켜뜨며 노려보았습니다.

사랑스러운 그 얼굴을 보고 좋아하지 않을 남자가 있을까요.

그리고 제가 생각해도 어이가 없는 것이, 슈진이 왜 그렇게 저를 차갑게 대하는지 이제 겨우 깨달았습니다.

그런가, 슈진은 나에게 질투를 하고 있는 것이다.

주체할 수 없이 얼굴이 뜨거워집니다. 그래도 저는 단호히 장담했습니다.

"다음부터는 반드시 그렇게 하겠습니다. 약속합니다."

나치 씨는 만족스럽게 고개를 끄덕였습니다.

정성을 다해 만든 도시락을 먹으며, 저는 나치 씨가 몇 번이고 듣고 싶어 하는 고향 영국과 여행한 프랑스, 베니스, 그리고 이곳 나하에서의 위험한 배 여행의 이야기를 들려주었습니다. 산에서 바라보는 나하시가지 너머로 아름다운 바다가 끝없이 펼쳐져 있습니다.

"이 바다가 정말로 그 베니스나 영국으로 이어져 있는 거네. 그런 것, 에드가 오기 전까지는 상상도 못했어."

"하지만 스승님이 유리를 파는 상대나 재료를 들여오는 상대도 외국인이지 않습니까?"

"아버지는 나에게 그들을 만나게 해주지 않는걸."

나치 씨의 검고 큰 눈동자가 계속 바다를 바라보고 있습니다. 그 옆모습을 보고 있는 사이, 정신을 차리자 저는 말하고 있었습니다.

"언젠가 저와 함께 저 바다를 건너지 않겠습니까?"

나치 씨는 깜짝 놀라 나를 바라본 후, 살짝 고개를 숙이며 끄덕였습니다.

바람을 타고 파도 소리가 들려옵니다.

분명히 우리 두 사람에게 가장 행복하고 아름다운 하루 중 하나는 오늘입니다.

나치 씨의 옆에서 바다를 바라보며 저는 가슴이 떨렸습니다.

*

저와 나치 씨가 가까워짐과 동시에, 나에 대한 슈진의 모욕은 더욱 노골적이 되었고, 거의 말을 거는 일이 없어졌습니다.

대신 경쟁하듯, 제 각각 스승님의 기술을 훔치고, 스스로 고민을 거듭해 유리 제작 기술을 연구했습니다. 그것은 그것대로 조용하고 뜻 깊은 시간이었습니다.

변함없이 밖에 나가는 자유는 별로 없었습니다만, 공방이나 집에는 나치 씨가 있고, 피크닉을 한 뒷산에 갈 때는 사람들의 눈도 그다지 신경 쓸 필요가 없습니다.

그렇게 공방에서의 하루하루가 쌓여가는 사이, 이윽고 일 년이 지났습니다.

저의 기술은 확실하게 향상되어, 어떻게든 오키나와의 사람들이 예쁜 바다라고 부르는 그 투명한 에메랄드그린에 가까운 바다를 이 손으로 재현할 수 있게 된 것 같습니다. 단지, 그것은 어디까지나 비슷한 것으로, 스승님이 만드는 것처럼 바다 그 자체라고는 도저히 말할 수 없는 것이었습니다.

저는 유리 제작에 더욱 빠져들었습니다.

바다만이 아닙니다.

맑은 하늘, 바람에 흔들리는 소철의 잎이나 그 선명한 주홍빛의 열매, 나치 씨의 복숭아 빛 뺨, 주변에 있는 모든 것이 저의 인스피레이션을 자극합니다. 지금까지 지내온 어떤 땅보다도 저는 이 땅을 사랑하고, 할 수만 있다면 이곳에서 평화로운 일상을 보내고 싶다고 생각하게 되었습니다.

그러나 오키나와를 향한 마음이 강해지는 것과 발을 맞추

듯, 조국과 일본의 전쟁의 발소리가 점점 커지고 있는 모양입니다.

조국 영국은 독일의 프랑스 침공으로 인해 드디어 본토에서의 싸움을 각오해야 하는 상황까지 몰린 것 같습니다. 그리고 유럽에서 나치 독일의 기세가 강해지고 있는 지금, 일본도 마찬가지로 서양과의 대립이 깊어지고 있습니다. ABCD포위망이라고 불리는 수입 제한이 이루어져 일본은 조금씩 막다른 곳에 몰리고 있는 것입니다.

그래도 섬의 사람들은 변함없이 삶을 이어가고 있습니다. 맑은 바다를 보고 있으면 전쟁 같은 것은 어딘가 다른 나라의 이야기처럼 들리기조차 하는 것은 이해할 수 있습니다.

그러나 저는 알고 있습니다. 아무리 기세등등한 일본군이라도, 만일 대립 격화로 석유 수입이 막히는 일이 생긴다면 전부 끝나는 것이 아니겠습니까.

일본이 서양과 전쟁을 시작할 경우, 기름 한 방울은 피 한 방울. 일본군의 승리는 단기 결전으로밖에 얻을 수 없는 것입니다. 그리고 전쟁이 길어지면 길어질수록 전쟁의 주 무대가 본토의 입구인 오키나와로 이동할 수도 있다는 것은, 내일의 날씨를 맞추는 것보다 쉬운 일입니다.

저는 물론 이 오키나와 사람들의 목숨도 과격한 운명의 소용돌이에 빨려 들어가려 하고 있습니다.

그것을 예상하고 있는 오키나와 사람들이 도대체 얼마나 있을까요.

스승님이 거래를 이어가고 있던 외국의 상인들의 대부분이 가고시마에서 좀처럼 건너오지 않게 되었습니다.

그런데도 어느 봄날, 한 사람의 미국인이 찾아왔습니다.

"내가 이곳에 오는 것은 이제 마지막이 되겠지."

"미국에 돌아가실 겁니까?"

"일본은 이제 곧 초토화될 거다."

그는 저에게, 본토전을 예견하고 고향에 돌아갈 생각이라고 전했습니다. 친절하게도 저에게 같이 가자고 권하기도 했습니다.

저는 고민했습니다. 저뿐이 아니라 나치 씨도, 스승님도, 슈진도 아직 평화로울 때 도망가는 것이 좋다.

그래도 불어오는 바닷바람에, 꿈같은 바다의 색에, 저는 쉽게 결심할 수가 없었습니다. 결국 저는 상인의 권유를 거절하고, 그저 오로지 바다를 바라보며 유리 제작에 몰두했습니다.

*

스승님은 흔들리는 저의 마음을 이미 꿰뚫어 보면서도, 안 보이는 척했다고 생각합니다. 현실에서 눈을 돌리듯 유리 제작에 더욱 몰두하는 나에게 아무 말도 하려고 하지 않았습니다. 그뿐 아니라 어떻게 했는지 고베와 요코하마에서 특별히 구해 온 귀중한 유리병의 폐재료를, 제작을 위해 아낌없이 사용하게 해 주었습니다.

봄이 지나고 여름이 되었습니다.

일본은 프랑스령 인도차이나를 침공했고, 더욱 더 서양의 나라들과의 대립이 깊어졌습니다. 그리고 마침내 석유의 보급이 끊기고 말았습니다. 결정적인 순간이었습니다.

언제나 활짝 열려 있던 공방에 커튼이 쳐졌습니다. 순경이나 슈진, 그리고 유타 할머니 같은 정해진 사람들은 모습은 아직 보였습니다만, 그 횟수가 줄어들었습니다.

그리고 어느 더운 밤, 지금까지 저에 대해 아무 말도 하지 않았던 스승님이 드디어 저녁 전에 저에게 말했습니다.

"에드, 산에 오르는 것도 슬슬 위험해. 밖에 나가지 말고 공방과 집 안에 얌전히 있어."

미안한 듯 눈꼬리가 처진 스승님을 보자, 저는 아무 말도 하지 못했습니다.

나가라고 해도 어쩔 수 없는 때에, 그래도 스승님은 저를 이곳에 두려고 하는 것입니다.

스승님, 저는 이곳을 떠나야 하겠지요.

그래도 그 말이 나오지 않았습니다. 저는 끝까지 제멋대로입니다. 나치 씨와도, 스승님과도, 오키나와의 땅과도 멀어져서는 견딜 수 없습니다. 저의 마음은 이미 유구 유리에 미쳐 버린 것일지도 모릅니다.

나치 씨는 물리적으로도, 정신적으로도 안에 틀어박히게 된 저를 배려해서 곧잘 들판의 꽃을 꺾어 와 밖의 모습을 알려주었습니다. 마치 전쟁 같은 것은 없는 것처럼, 우리의 마음을 방해하는 것은 아무것도 없는 것처럼. 그녀의 눈을 거쳐 이야기하는 밖의 풍경은 알록달록하고, 작지만 기적적인 변화로 넘쳐나고 있었습니다.

어제는 잎뿐이었던 나무에 작은 열매가 달려 있었다. 흙먼지 나는 길에 나뭇잎 그늘이 생겼다. 저녁 해가 지는 위치가 이렇게 움직였다——.

보고 있는 것 같으면서도 보지 않았던 오키나와의 작은 풍경을 나치 씨가 이야기해 줄 때마다 저는 그 모습을 머릿속으로 떠올리며 유리 속에 살짝 집어넣습니다. 조금만 더 있으면 무언가 손에 넣을 수 있을 것 같은 예감이 들었습니다.

스승님의 유리에는 있고 저에게는 없는 것. 말하자면 오키나와의 숨결 같은 것이 나치 씨의 시선을 빌려 저의 가슴속에도 깃들기 시작한 것일지도 모릅니다.

*

가을이 깊어가고 있습니다. 일본과 서양 나라들의 대립은 중재의 기미가 없어, 이제 개전은 피할 수 없는 것으로 생각되었습니다.

스스로 나가겠다고 말해야 하는데.

요즘 저는 매일 이것만 생각하고 있습니다.

최근에 드물게도 저녁을 먹으러 온 순경이 전에 없이 심각한 얼굴로 스승님과 나를 향해 말했습니다. 오늘은 유타 할머니까지 함께였습니다.

"본토 사람들이 일본에 있는 외국인의 조사 지시를 내려서 말이다. 이대로 전쟁이 진행되면 에드는 구마모토에 억류된다. 나쁘게 생각하지 않으니 도망쳐라. 지금이라면 아직 늦지 않았어. 요코하마나 고베에서도 많은 외국인이 돌아간다고 한다."

"부탁이니 무사히 도망칠 수 있을 때 도망쳐."

이 멤버가 모이면 언제나 밝고 활기찼는데 스승님도, 나치 씨도 아무 말도 하지 않았습니다. 삼신도, 춤도 없는 밤은 이날이 처음이었습니다.

"부탁할 것이 있네."

순경이 돌아간 뒤에도 남아 있던 할멈이 갑자기 말을 꺼냈습니다.

저는 놀랐습니다만, 스승님과 나치 씨는 매우 당연하게 할멈의 제안을 받아들였습니다.

할멈은 스승님과 나치 씨, 그리고 저를 위패단 앞에 앉힌 뒤, 평소 입던 오오시마 명주 위에 백의를 걸치고, 축문을 올리기 시작했습니다. 그것은 제가 본 적 없는 유타(무녀)로서의 할멈의 모습이었습니다.

"할멈은 말이지, 그저 술꾼 유타가 아니라 본토에서 유명한 정치가도 찾아올 정도로 대단한 사람이야."

나치 씨가 몰래 귀엣말했습니다. 예언은 틀리는 일이 없는 것으로 유명하다고 합니다.

축문을 다 올린 할멈이 조용히 뒤를 돌아보며 나를 바라보았습니다. 저는 그 표정에 놀랐습니다.

주름이 깊게 팬 얼굴에 파묻힌 것 같았던 눈이 크게 뜨이고, 눈동자가 촉촉하고 새카맣게 빛나고 있습니다. 허리도 곧게 펴서, 마치 다른 사람 같았습니다. 목소리조차 들어본 적 없는 힘 있는 목소리로 바뀐 듯했습니다.

"이제 곧 너는 바다를 만들어 낸다. 그러면 오키나와에서 나가야 한다. 그렇지 않으면 모두 말려들게 된다."

할 말을 잃은 저 대신 나치 씨가 비장한 목소리로 물었습니다.

"이곳에 에드가 남을 방법은 없는 건가요?"

"남으면 모두 죽는다. 그런 여유는 없어. 앞으로 한 달 정도일까."

할멈의 몸을 빌린 누군가의 말에 망설임은 없었습니다. 저도, 나치 씨도 그저 고개를 숙일 수밖에 없었습니다.

"어쩔 수 없다."

스승님이 분한 듯 젖은 목소리로 중얼거렸습니다. 스승님의 입에서 그런 목소리를 듣는 것은 처음 있는 일이었습니다.

*

할멈의 계시가 있고 나서 얼마 지나지 않은 날. 슈진이 말을 걸었습니다.

그와 이야기하는 일은 좀처럼 없는 일입니다. 때마침 스승님이 나치 씨와 물건을 사러 나갔기 때문에 없어서, 공방에는 바람 소리만 울리고 있었습니다.

둘만 남는 기회를 노렸을 것입니다. 슈진은 입매를 일그러트리며 말했습니다.

"들었다. 할멈이 나가라고 했다면서. 네가 남으면 모두 죽는다고. 그 할멈이 하는 말은 확실해. 빨리 짐을 챙겨 나가."

스승님과 나치 씨가 슈진에게 그런 말을 했을 리가 없습니다. 어차피 슈진이 몰래 훔쳐 들었을 것이 틀림없습니다. 그러나 맞는 말이었기 때문에 저는 어찌할 바를 모르고, 묵묵히 입을 다물 수밖에 없었습니다.

이제 얼마 남지 않았습니다. 앞으로 얇은 가죽 한 장만 뚫을 수 있다면 저의 안에서 나하의 바다가 확실한 형태를 가지고 흘러넘치려 하고 있습니다. 바다의 소리, 태양빛을 받고 빛나는 해면, 저를 고향에서 이곳까지 오게 한 바다, 스승님의 곁에, 나치 씨의 곁에 데리고 와 준 바다.

그러나 그 경계를 넘기 위해서는 어떻게 해야 좋을까요.

저에게는 이제 한 달밖에 없습니다.

이 이상 소중한 사람들에게 폐를 끼칠 수는 없습니다. 당장 일본이 영미와 전쟁에 돌입해도 이상하지 않은 것입니다. 아아, 그래도 나치 씨와 떨어지게 된다고 생각하니 가슴이 찢어질 것 같습니다.

궁지에 몰린 저는 그토록 당부를 들었음에도 불구하고 몰래 뒷산으로 빠져 나갔습니다. 공방에 틀어박혀 있어도 초조함만 더할 뿐, 모처럼 손에 들어오려던 오키나와의 바다가 점점 멀어지는 것 같았습니다.

밤에 보는 오키나와의 바다는 새카매서 낮과는 전혀 다른 표정을 하고 있었습니다.

저는 똑같이 어두운 얼굴로 그 바다를 계속 바라보았습니다. 이름도 모르는 동물의 기분 나쁜 밤 울음소리가 들려옵니다. 마치 저를 향해 떠나라, 떠나라, 하고 외치는 것 같습니다.

빛이 없는 어두운 밤은 무서워서, 보이지 않는 영적인 존재가 적의를 가지고 저를 둘러싸는 것 같은 느낌마저 들었습니다.

그래도 저는 꼼짝 않고 공포를 견디며 바다를 응시했습니다.

니라이카나이의 신들이여, 부디 저에게 오키나와의 바다를 만들 수 있게 해 주세요.

시간이 얼마나 흘렀을까. 바다의 저편에서 빛의 화살이 쏟아지기 시작했습니다.

아침 해가 떠오르는 것입니다. 니라이카나이의 신들이 사는 빛의 나라.

저는 눈을 감고 계속해서 필사적으로 기도했습니다.

부디, 저에게 오키나와의 바다를 내려주세요. 이 손으로 만들 수 있게 해 주세요.

그러면 저는 이 땅을 떠나겠습니다. 소중한 사람들을 상처주지 않기 위해——.

어느새 눈꺼풀 안쪽에 나치 씨의 모습이 떠올라 가슴이 저릿저릿 아파왔습니다.

그 뒤로 저는 아침 해를 바라보기 위해 산에 오르는 것이 일과가 되었습니다. 결국에는 나치 씨에게 들켜서 종종 함께 오르게 되었습니다.

스스로를 위험으로 몰아넣는 행위라고 눈썹을 찌푸리는

사람도 있을 것입니다. 저도 다른 사람에게 이런 이야기를 들었다면 똑같이 생각할지도 모릅니다.

그러나 남은 시간이 거의 없는 지금, 나치 씨와 보내는 시간은 저에게 보석같이 소중합니다. 저희는 서로 처음으로 이성에 대한 마음을 품고 있습니다. 그리고 그 마음은 아마도 전쟁이라는 장해로 인해 더욱 강해졌을 것입니다.

그러나 오해는 하지 말아 주십시오. 저희의 관계는 어디까지나 플라토닉한 것입니다. 고작 경사가 급한 언덕길에서 손을 빌려주는 정도가 최선. 그녀의 가는 손의 사랑스러움. 나긋나긋한 목덜미의 아름다움. 진하고 긴 속눈썹이 둘러진 동그란 눈동자가 저를 비추며 빛나고 있는 것.

저와 함께 영국으로 도망치지 않겠습니까.

그녀를 바라보고 있으면 저도 모르게 그렇게 묻고 싶어집니다. 그러나 위험한 뱃길이 될 것이 틀림없습니다. 무사히 돌아간다고 해도 이번에는 그녀가 영국의 적국인이 되어 어떤 대우를 받을지 모르는 일입니다.

역시 저희에게 기다리고 있는 것은 이별이라는 선택지밖에 없는 것입니다.

그녀와 바라보는 바다는 너무나도 슬프고 맑았습니다.

그러나 지금까지 안전했던 산길이었지만, 마침내 사람의 시선을 느끼게 되었습니다. 물론 적국 사람인 저를 향한 것이기 때문에 결코 호의적인 것은 아니었습니다.

이런 새벽녘에 시선을 느낀다는 것은 일부러 저희를 감시하고 있다고밖에 생각할 수 없어서 기분이 좋지 않습니다.

어느 날 아침이었습니다. 산 중턱에서 나치 씨가 갑자기 비명을 질렀습니다.

"아야!"

뒤를 돌아보니, 오늘도 저를 따라온 그녀가 뺨을 감싸고 있었습니다. 누군가가 돌을 던진 것입니다.

"누구냐!"

범인은 어린아이인 것 같았습니다. 작은 그림자가 달려서 멀어지는 것이 보였습니다.

어린아이가 이런 공격을 해 온다는 것은 어른들 사이에 저의 존재가 알려지고 적의가 커졌다는 증거입니다.

"이제 한계일지도 모릅니다──. 자, 오늘은 공방으로

돌아갑시다. 뺨의 상처를 치료하지 않으면."

그래도 나치 씨는 말없이 고개를 흔들었습니다.

"아니. 바다를 보러 가. 에드와 함께 바다를 보고 싶어."

이것이 마지막이 될지도 모르니까.

나치 씨의 맑은 눈동자가 그렇게 말했습니다. 저는 입을 꾹 다물고 고개를 끄덕였습니다.

꼭대기까지 올라가자 눈앞에 펼쳐진 바다가 고요히 빛나고 있었습니다.

산 위에서 바라보면 이렇게 아름다운 바다가 군함이 떠 있는 동남아시아, 유럽의 바다와 이어져 있다는 것이 도저히 믿어지지 않습니다.

"에드가 태어난 영국도 이 바다를 건너서 갈 수 있는 거지?"

"네. 고향에서는 친구들 대부분이 어부가 되었습니다. 남자는 바다 위에서 청어잡이를 하고 여자가 훈제를 해서 팝니다. 오래되고 오래된 마을. 마을도 바다도 잿빛. 하지만 매우 시적이고 아름다운 풍경. 휴가를 오는 사람도 많습니다."

"──나도 갈 수 있으면 좋을 텐데. 저 바다에 배를 띄우고 에드의 마을까지 항해하고 싶어. 에드처럼 자유롭게 세계를 보고 싶어. 그러면 왜 우리가 헤어져야 하는 건지, 왜 아름다운 바다가 전쟁에 휘말려야 하는 건지 조금은 알 수 있을까?"

나치 씨의 목소리에는 강한 분노가 배어 있었습니다.

그것은 많은 사람이 생각하고 있지만, 할 수 없는 말이었습니다. 거대한 시대의 소용돌이에 억지로 휘말려가는 무력감. 그 감정을 표현하는 것조차 할 수 없는 답답함.

저희에게는 자유가 없습니다. 전장으로 향하는, 혹은 배웅하는 대신, 그저 순수하게 서로 사랑하고, 좋아하는 것에 열중하며 여행하고, 또는 좋아하는 곳에서 지내다가 좋아하는 사람을 지키면서 삶을 끝내고, 그저 바람을 맞으며 바다를 바라본다. 그런 당연한 자유를 왜 이유도 없이 빼앗겨야 하는 것입니까. 왜 미워하지 않는 이국의 상대와 싸워야 하는 것입니까.

왜 저는 나치 씨와 헤어져, 이 제2의 고향이라고 불러야 할 아름다운 땅을 떠나야 하는 것입니까.

갑자기 나치 씨가 강한 힘으로 나의 손을 쥐었습니다. 가냘픈 어깨가 크게 떨리며 소리도 내지 않고 울고 있는 것이 전해져 왔습니다. 저는 복받치는 것을 참지 못하고, 나치 씨를 끌어안았습니다.

바람이 부드럽게 저희를 감싸 안습니다. 저는 그렇게 느꼈습니다. 제 안에 그녀의 마음이 크게 흘러들어 온 것을.

──왜 이 아름다운 바다처럼 자유로울 수 없는 거야.

내 안에 지금까지 느껴보지 못했을 정도로 선명히, 오키나와의 바다가 숨을 쉬고 있었습니다.

스승님이 말하는 니라이카나이에서 신이 내려온 순간이었습니다.

그날 아침부터 저는 산에 오르는 것을 자제하고 계속해서 유리를 만들었습니다. 유타 할멈이 말한 한 달이라는 기간을 이제 거의 다 소비해 버렸습니다. 순경은 저를 걱정해 몇 번이고 빨리 오키나와를 떠나라고 충고했습니다.

"만일의 경우에 에드를 연행하는 것은 나의 역할이야. 그런 끔찍한 일은 시키지 말아 줘."

그 말투는 거의 애원하는 듯했다.

"조금만 더, 아주 조금만 더 기다려 주세요."

마음속에 살아 있는 오키나와의 바다를 어떻게든 만들어 내고 싶다. 그래서 나치 씨에게 주고 싶다. 언젠가 그녀와 내가 손에 넣을 자유의 상징으로. 우리가 확실히 같은 시간을 보냈다는 상징으로서.

그 일념으로 저는 온갖 조합을 시험했습니다.

이미 저를 숨겨 주고 있는 스승님과 공방에 대한 괴롭힘이 적나라해지고 있습니다. 공방에 돌을 던지거나 밖에서 국민이 아니라고 외치는 사람들도 있습니다.

그래도 저는 오키나와의 바다를 유리에 담는 것을 포기하지 않습니다. 완벽하게 이기적인 사람입니다. 은인과 사랑하는 사람에게 폐를 끼치고 있는 것을 알면서도, 저는 공방에 틀어박혀 계속 유리를 만들고 있었으니까.

"스승님, 죄송합니다. 전부 저의 탓입니다. 하지만 조금만 더 기다려 주세요. 꼭 오키나와의 바다를 완성하겠습니다."

머리를 숙이는 저의 어깨에 스승님이 큰 손을 얹으며 말했습니다.

"미안하다. 다들 괴로워서 그런다. 소중한 사람을 잃거나, 어찌할 바를 모르고 혼란스러워 하는 사람도 있어. 사실 우리에게 화가 난 것이 아니라 이 세상과 자신에게 화를 내고 있는 거다."

스승님은 슬픈 듯 밖을 바라보고 있습니다. 담 너머에는 적의를 보이는 사람들이 몰려들어 큰 목소리로 스승님을 비난하고 있었습니다.

*

할멈이 예언을 하고 나서, 마침내 한 달이 지났습니다.

지난 새벽에 겨우 수 그램 단위로 조합을 시험한 결과, 저는 결국 생각하고 있던 그대로의 오키나와의 바다에 도달했습니다.

해저에서 해면으로 올라오는 것처럼 아름다운 푸른색의 그러데이션. 그 푸른색을 기포가 꾸며 주어, 바다 그 자체입니다.

그것은 틀림없는 자유의 상징. 아름다운 바다를 담은 유리였습니다.

저는 흥분에 몸을 떨며 완성한 유리를 직사각형으로 잘라 신중히 둥근 구멍을 뚫기 시작했습니다. 이탈리아에서 지겹게 배운 기법입니다. 그러나 유리의 질이 달랐기 때문일까요. 각도를 잘못 계산해, 만들었던 세 개의 펜던트 중 두 개를 깨뜨리고 말았습니다. 잘 만들어진 것은 겨우 한 개뿐. 하지만 하나면 충분합니다.

저는 목에 걸고 있던 로켓 펜던트를 체인에서 떼어내고 막 완성한 펜던트를 끼웠습니다.

이것을 나치 씨에게 주자.

공방의 의자에서 일어서서 처음으로, 아직 해가 뜨기도 전이라는 것을 깨달았습니다. 테이블의 위에는 훨씬 전에 식어 버린 주먹밥이 놓여 있었습니다.

나치 씨가 온 것도 알아차리지 못하고 집중했던 모양입니다. 두 사람은 아직 안채에서 자고 있을 시간입니다.

저의 가슴에 달성감과 허무함이 동시에 느껴졌습니다.

드디어 이별할 때가 다가온 것입니다.

정신을 차리자 이 공방에서 신세를 진 지 벌써 5년이라는 세월이 지나 있었습니다. 벽에 간 금마저도 익숙한 친구 같습니다. 창문에서 불어오는 바람이 이 5년간, 계속 같은 냄새로 저를 만족시켜 주었습니다.

오키나와 방언은커녕 일본어도 제대로 말하지 못했던 저를 받아 준 스승님. 언제나 저를 상냥하게 감싸 준 나치 씨. 사랑하는 나치 씨. 두 사람은 이미 가족 같은 존재입니다. 결국 이해할 수 없었던 슈진 씨도 가까운 친구 같이 느껴졌습니다.

형용할 수 없는 기분으로 공방을 둘러보고 있는데, 누군가가 공방의 창문을 강하게 두들겼습니다.

쳐다보니 순경이 몹시 당황한 얼굴로 창문에서 들여다보고 있었습니다.

"큰일이다, 너, 정말로 억류된다. 지금 도망가. 지금이라면 아직 늦지 않았어."

"──전쟁이 시작된 겁니까?"

"일본이 진주만을 공격했다고 한다. 영미와 본격적으로 전쟁이 시작되었다. 적국 사람은 일제히 억류된다. 신문이 돌면 끝이야. 억류 지시 전에 근방의 녀석들이 이곳을 둘러

싸러 올 거다."

가슴에 큰 돌을 맞은 듯했습니다.

"두 사람에게 작별 인사를."

신음하듯 말하자 순경이 강하게 어깨를 붙잡고 흔들었습니다.

"그럴 시간 없다. 내가 너를 도와줄 수 있는 것은 지금뿐이야. 빨리, 공방을 떠나 나와 함께 가자!"

그러나 사태는 순경의 생각보다 심각했습니다. 산기슭 쪽에서 몇 명의 사람들이 작당하고 언덕길을 올라오는 것이 보였습니다. 느긋했던 섬사람들을 이렇게 행동하도록 부추긴 전쟁이란 도대체 무엇일까요. 그런 생각이 가슴에 밀려왔다 나갔지만, 슬픔에 잠길 시간은 없습니다.

"안되겠다. 산의 반대편에서 산마루를 넘어 도망쳐, 빨리!"

저는 고개를 끄덕이고는 재빨리 펜던트를 가슴 주머니에 넣고, 순경과 함께 산을 오르기 시작했습니다.

항상 나치 씨와 올랐던 길을 이런 식으로 도망치게 되리라고는 생각지 못했습니다. 어둑어둑한 길이어서 시야도 좋지 않았습니다만, 불을 밝힐 수는 없습니다.

저와 순경의 숨소리, 산비둘기의 울음소리, 나무들이 술렁이는 소리가 불길하게 뒤섞여 저를 뒤쫓아 오는 것 같았습니다. 뒤를 돌아보며 걸었지만, 뒤쫓는 사람들이 아직 공방에 멈춰 있는 건지, 이쪽으로 오는 모습은 보이지 않았습니다.

아아, 나치 씨와 스승님을 마지막으로 만나 전하고 싶었다. 내가 얼마나 감사하고 있는지. 얼마나 두 사람을 사랑하는지.

"에드, 멈춰."

앞서가던 순경이 갑자기 작게 외치며 뒤를 돌았습니다. 말하지 않도록 검지를 입에 대고 있습니다.

"왜 그러십니까?"

목소리를 죽이고 묻는 저에게 순경은 굳은 얼굴로 재빨리 두 번, 고개를 흔들었습니다.

깜짝 놀라 앞을 보니 회중전등의 불빛이 좌우로 오가며 내려오는 것이 아닙니까. 숨으려고 해도 좁은 외길입니다. 후퇴하면 공방으로 돌아갈 수밖에 없습니다.

다 끝난 것입니다.

눈을 감고 고개를 숙이자 회중전등의 주인이 말했습니다.

"그러니까 빨리 나가라고 했잖아."

들은 적 있는 목소리—— 슈진이었습니다. 순경이 따져 물었습니다.

"너냐, 사람들을 부추겨 공방으로 몰려오도록 한 것이?"

"——아니야."

슈진이 퉁명스럽게 대답했습니다.

"따라 와. 산 정상에도 여럿이 기다리고 있다고."

슈진이 그렇게 말하며 좁은 길을 옆으로 벗어나 걷습니다. 순경과 함께 망설이고 있자, 짜증난 목소리로 다그쳤습니다.

"너를 위해서가 아니다. 나치 씨와 스승님을 위해서다. 네가 붙잡히면 그 사람들이 슬퍼해. 스승님께서 여차하면 이렇게 하라고 부탁하셨어."

어둑어둑해서 그의 표정까지는 보이지 않습니다. 그러나 진심으로 도우려고 하는 것만은 알 수 있었습니다.

"그러면 뒤는 슈진에게 맡기지. 나는 아래의 녀석들을 속여 볼 테니."

순경은 슈진에게 그렇게 말하고 저의 어깨를 두드리며 말
했습니다.

"전쟁이 끝나면 언젠가 다시 모두 함께 맛있는 아와모리
를 마시자고."

"감사합니다, 순경."

자신의 위험을 무릅쓰고, 직무도 내팽개치고 저를 도망가
게 해 준 그에게 그저 고개를 끄덕이는 것이 고작이었습니
다.

"서둘러."

슈진이 애가 타는 듯 저의 팔을 당겨 덤불 안으로 들어갔
습니다. 익숙한 길을 한 발 벗어나니, 산은 표정을 싹 바꿔
마치 사방에서 나무들이 덮쳐오는 것 같았습니다.

"서쪽의 후미에 배가 기다리고 있다. 너 말고도 도망가는
녀석들이 있어. 스승님이 너를 위해 준비해 놓았다. 정말
얼마나 폐를 끼치는 거야."

슈진의 말에 아무 대답도 할 수가 없습니다.

산 정상을 피해 짐승이 다니는 길로, 여기저기 벌레에게

물리고 날카로운 나뭇잎에 살을 베이며 점점 후미를 향해 내려갑니다. 슈진은 익숙한지 쑥쑥 망설임 없이 나아갔습니다.

드디어 나무들의 틈에서 바다가 보일 듯 말 듯하고, 마지막에는 거의 수직에 가깝게 경사진 비탈길을 기듯이 후미까지 내려갔습니다.

부두에 어선이 한 척 연결되어 있습니다. 엔진이 가까스로 작동할 것 같은 녹이 슨 낡은 배입니다.

몇 명의 유럽인과 미국인이 불안한 얼굴을 마주 보며 배에 올라 있었습니다.

"그럼."

'무사히' 라고도 '또 만나자' 라고도 하지 않고, 슈진이 그다운 말투로 떠나려고 했습니다. 저는 다급히 그를 불러 세웠습니다.

"잠깐. 이것을 나치 씨에게 전해 주시겠습니까?"

저는 가슴 주머니에서 그 펜던트를 꺼내어 그에게 건네려고 했습니다. 그가 그것을 한 번 바라보았습니다. 찰나의 순간, 그의 눈동자에 분노로도, 초조함으로도 보이는 빛이 돌았습니다. 그도 마찬가지로 유리 장인입니다. 말이 없어도 제가 니라이카나이에서 신을 맞아들인 것을 그가 깨달았다고 느꼈습니다.

"내가 그렇게 좋은 사람이라고 생각하나."

슈진이 내뱉듯 대답했습니다.

"──노──."

미안했다는 말을 삼키고, 저는 펜던트를 가슴 주머니에 집어넣었습니다.

저는 암담한 기분으로 도저히 안심이 되지 않는 낡은 배에 올라탔습니다.

배는 곧바로 출발했습니다. 배를 운전하는 사람은 적국 사람에게도 호의적인 어부 할아버지입니다. 그 할아버지가 나하 바다에서 미국으로 밀항하는 더 큰 배로 갈아타게 된다고 알려 주었습니다.

저를 포함해 승선한 유럽인과 미국인 네 명. 나머지 한 사람은 10대 중반 정도의 어린 소녀로, 햇볕에 그을린 피부에 얼굴 생김이 이국적이었습니다. 어쩌면 혼혈인일지도 모릅니다.

배가 천천히 해안에서 멀어져 갑니다.

──나치 씨에게 둘이서 발견한 바다를 줄 수가 없다.

그녀의 웃는 얼굴, 끌어안았을 때의 부드러운 온기가 되살아납니다. 해안이 멀어짐과 동시에 가슴이 찢어질 것 같아, 저도 모르게 심장에 손을 가져간 때였습니다.

"에드!"

해변에서 비명 같은 목소리가 울렸습니다.

깜짝 놀라 바라보자, 잠옷 차림으로 산을 뛰어온 것으로 보이는 나치 씨가 부두에 서 있었습니다. 머리카락을 마구 흩뜨리고 울면서 이쪽으로 손을 흔드는 그녀를 보고 가슴이 찢기는 듯 아팠습니다.

"나치 씨! 나치 씨!"

저도 필사적으로 손을 흔들었습니다. 그리고 펜던트를 들어 그녀에게 보였습니다.

"바다를 발견했습니다. 우리의, 아름다운 바다를 발견했습니다!"

저의 목소리가 그녀에게 닿았을까요. 나치 씨는 몇 번이고 고개를 끄덕이는 것처럼 보였습니다. 그리고 그쪽에서도 무언가를 들어 저에게 보여주는 것 같았지만, 그것이 무엇인지 알 수 없을 정도로 이미 거리가 벌어졌습니다.

결국 배가 후미를 벗어났습니다. 이제 나치 씨의 모습은 그저 점이 되려고 합니다. 그래도 저는 손을 계속 흔들었습니다.

팔이 떨어질 정도로 아파도, 계속, 계속.

"나치 씨!"

마지막으로 크게 그녀의 이름을 불렀습니다.

언젠가 반드시 당신을 맞이하러 돌아오겠습니다. 둘이 함께 바다를 건너기 위해.

다른 승선객에게 소란스럽게 한 것을 사과하고, 저는 망연자실한 채 뱃바닥을 멍하니 바라보았습니다.

긴장한 표정들 가운데, 소녀가 호기심 가득한 목소리로 말을 걸었습니다.

"저기, 조금 전의 사람, 여자 친구?"

완벽하다고는 할 수 없었지만, 그것은 분명히 영어였습니다.

"아아, 그래."

"그 손에 들고 있는 펜던트를 그녀에게 주려고 한 거야?"

묻는 것을 듣고 자신이 펜던트를 아직 쥐고 있었다는 것을 깨달았습니다.

"그래. 결국 건네지 못했지만──."

"보여 줘."

소녀가 손바닥을 내밀었습니다.

저에게 둘도 없이 소중한 물건입니다. 조금 망설이자, 소녀가 상처받은 듯한 얼굴을 했습니다.

"너무해. 훔치거나 부수지 않아."

햇볕에 잘 그을린 손등과 달리 그녀의 손바닥은 꽃이 핀 것처럼 새하얗습니다.

저는 소녀에게 펜던트를 건넸습니다.

"우와, 예쁘다. 왠지 굉장한 마음이 담긴 것 같아."

틀림없이 펜던트는 저의 마음 그 자체입니다.

"내가 만들었지. 유구 유리의 펜던트다."

"그랬구나. 직접 만든 펜던트라니 멋져. 그리고 진짜 오키나와의 바다 같네."

소녀는 펜던트를 수평선에서 떠오르기 시작한 태양의 빛에 비추어 보았습니다.

"그래. 오키나와의 바다와 자유가 담긴 펜던트다."

나치 씨에게 줄 수 있었다면 그녀에게 얼마나 용기가 되어 주었을까. 동시에 나에게 위안도 되었을 것이다.

이루어지지 않은 꿈에 나도 모르게 크게 한숨을 쉬었습니다.

그러자 그녀가 말이 없어진 저를 향해 말했습니다.

"이거 저에게 맡기지 않을래요? 가능하다면 그녀에게 전해 줄 테니까요."

"네가 그녀에게?"

"그래요. 당신의 마음이 담긴 것이잖아요. 저는 미국에 가는 것이 아니라 할아버지가 구마모토까지 데려다 줄 거예요. 머지않아 진정되면 오키나와로 돌아올 예정이고."

"하지만——."

솔직히 믿을 수가 없었습니다. 소녀는 이 펜던트가 마음에 든 모양이었습니다. 이대로 자신이 가지려고 한다는 생각 쪽이 자연스럽지 않겠습니까.

그런 저의 생각을 알아차렸는지, 소녀가 또다시 욱하는 표정으로 말대꾸를 했습니다.

"오해하지 마요. 저는 다른 사람이 연인에게 주려고 한 것을 훔칠 정도로 타락하지 않았어요. 그저 직접 만든 아트를 좋아할 뿐. 이거 돌려줄게요."

소녀는 저에게 펜던트를 되돌려주고 입을 다물었습니다.

"미안하다. 필사적으로 도망치다 보니 어쩐지 의심이 많아졌어."

제가 생각해도 변명에 가까운 말투였습니다만, 소녀는 조금 표정을 푼 것 같습니다.

"그렇네, 이런 시기니까. 그리고 소중한 것을 지금 막 만난 사람에게 맡기라니, 저도 충동적이었어요. 미안해요."

나를 똑바로 바라보는 눈동자는 순수하고 거짓이 느껴지지 않아, 그녀를 의심했던 자신이 부끄러웠습니다.

파도로 시선을 옮기자, 소녀가 또다시 입을 열었습니다.

"저의 아버지는 말이죠, 화가였어요. 다양한 땅을 여행하며 여러 사람에게 그림을 팔면서 살았어요. 아버지의 그림에는 항상 사람의 마음을 움직이는 힘이 담겨 있었어요. 그리고 그때마다 이상하게도 그 그림의 힘을 필요로 하는 사람에게 가게 되었어요."

"틀림없이 멋진 아티스트였구나. 나에게도 존경하는 아티스트가 있어서 잘 알아."

스승님의 온화한 얼굴이 떠올라 가슴이 아팠습니다.

"당신도 그래요. 조금 전에도 말했지만, 그 펜던트에서 매우 강한 마음이 느껴지는걸. 그래서 그만 맡겠다는 말을 해 버린 거예요. 이상하게도 제가 조금 도우면 그 펜던트가 그녀에게 전해질 것 같은 느낌이 들었으니까요."

그녀는 그렇게 말하고 조금 쑥스러운 듯 웃었습니다.

어느새 저는 그녀의 말에 마음이 움직이고 말았습니다.

어차피 이대로 제가 가지고 있어도 언제 전쟁이 끝날지 모릅니다. 사태가 진정되어도 또다시 오키나와에 돌아올 수 있을지——. 그렇다면 그녀에게 맡겨 보는 것도 나쁘지 않다. 이 마음이 그녀의 손을 빌려 나치 씨를 향해 간다. 그런 일도 있을 법하지 않은가.

"알았다, 이것을 너에게 맡길게. 유리 장인 신치 스승님의 딸인 나치 씨라고 하는 여성에게 반드시 전해 줬으면 좋겠다."

"조금 전의 아름다운 그녀 말이죠. 얼굴을 기억하고 있어요. 니라이카나이의 신들에게 맹세코 그녀를 찾아낼게요."

소녀는 고개를 끄덕이고, 재빨리 노트를 꺼내 제가 한 말을 메모하고는, 펜던트를 신중하게 종이에 감싸서 가방 안에 넣었습니다. 마치 보석을 다루는 듯한 그 정중한 손놀림에 저는 틀림없이 상대에게 펜던트를 전해 줄 것이라고 확신했습니다.

이윽고 앞바다에서 기다리던 배가 보이기 시작했습니다.

저희는 소녀를 제외하고, 그쪽으로 옮겨 탔습니다. 미국으로의 위험한 도피행이 시작되는 것입니다.

밀항 배에 타자마자 영어에 둘러싸였습니다. 모국어임에도 불구하고 영어의 울림에 위화감을 느끼는 자신에 저도 모르게 쓴웃음이 흘러나왔습니다.

저의 마음은 이렇게도 오키나와의 바다에 안겨 있는데.

갑판에 나가자 경적과 함께 육지가 천천히 멀어지는 것이 보였습니다.

안녕, 일본. 안녕, 오키나와.

스승님, 나치 씨. 저는 꼭 다시 돌아옵니다. 그 날까지 부디 건강하시길.

저는 눈을 꼭 감고 소중한 사람들에게 작별 인사를 했습니다.

*　　　*　　　*

파도 소리에 문득 제정신을 차렸습니다.

얼마나 멍하니 있었을까. 언덕길을 올랐을 때, 바로 위에 있던 태양이 어느새 기울어 있었습니다.

저는 크게 숨을 뱉으며 또다시 눈앞을 바라보았습니다.

눈앞에 나타난 것은, 간신히 집의 외관을 유지하고 있는 폐가였습니다.

그러나 그것은 분명히 제가 살던 집이었습니다. 기와지붕에 반이 부족한 오키나와의 수호신, 시사가 얹혀 있습니다. 유리창이 깨지고 흙벽에는 담쟁이덩굴이 붙어 있었지만, 비바람을 맞은 옅은 핑크색 벽이 그대로여서, 저의 가슴을 강하게 뒤흔들었습니다.

천천히 폐가 안으로 발을 들입니다.

유리의 가마, 상처투성이인 작업 테이블, 여기저기 흩어져 있는 바구니들, 그리고 헤아릴 수 없는 유리 조각.

젊을 적, 저는 분명히 이곳에서 시간을 보냈습니다. 그리고 창문 너머로 펼쳐지는 오키나와의 바다를 유리 안에 담았습니다.

공방에서 바라보는 바다는 얼마나 아름다운 것이었던가. 시간이 흘러도 그 투명한 풍경만은 변하지 않습니다. 자유롭게 어디로든 연결되어 있는 바다. 제가 나치 씨를 데리고 건너고 싶었던 바다.

과연 그 펜던트는 나치 씨의 손에 도달했을까요.

그 뒤, 저는 겨우겨우 미국으로 건너가, 더욱이 전쟁이 끝나기를 기다려, 영국으로의 긴 배 여행을 거쳐 고향인 그레이트 야머스로 돌아갔습니다. 제2차 세계대전 때 독일 공군에 의해 오래된 마을의 일부가 파괴되었습니다만, 다행히도 대부분 무사했습니다.

부모님과 형제도 살아 있었고, 제멋대로였던 저를 용서해 주었습니다. 오키나와를 떠나고 그 뒤로 4년이라는 세월이 흘렀습니다.

고향에 돌아와서 저는 유리 장인으로서 실력을 발휘했습니다.

부인을 얻고 세 명의 아이를 낳아, 지금은 손주도 10명 있습니다.

그렇습니다. 언젠가 오키나와에 돌아가 나치 씨, 스승님과 세 명이서 살고 싶다던, 젊을 적 품었던 정열을 저는 결국 이룰 수 없었습니다.

필사적으로 모았던 종전 직전의 정보는 처참한 것이었습니다. 도저히 스승님과 나치 씨가 무사하다고 생각할 수 없을 정도로, 전황은 더없이 격렬했던 모양입니다. 그중에는 미국의 스파이라고 의심받아 일본 병사에게 살해당한 오키나와 사람들도 있었다고 들었습니다.

지금, 겨우 다시 올 수 있었던 나하의 거리에서 나치 씨와 스승님, 순경과 슈진, 유타 할멈의 소식을 확인하려고 했습니다. 그러나 너무나도 시간이 지나 버렸기 때문인지, 결국 그들 중 누구도 행방을 알 수 있는 사람은 없었습니다.

그래도 저는 확신하고 있습니다. 스승님도 나치 씨도, 그리고 슈진도 분명히 살아남았다는 것을.

그 근거는 유구 유리입니다.

당시 스승님과 제자 슈진, 그리고 저만 알고 있던 유구 유리의 기술이 지금은 오키나와 전체에 퍼져 독자적인 문화로서 꽃을 피우고 있기 때문입니다. 전쟁이 끝난 후, 진주군이 가져온 콜라병 등을 이용해 그때까지 무색이었던 유구 유리가 색을 얻었다고 되어 있지만, 진상은 분명히 다릅니다. 전쟁에서 살아남은 스승님이 사람들에게 그 독특한 기술을 전한 것이 틀림없습니다.

스승님의 곁에 있었던 저는 그것을 압니다.

그들은, 나치 씨는 그 뒤 어떤 인생을 살았을까요.

저는 기원하지 않을 수 없습니다. 그 바다를 담은 펜던트가 무사히 나치 씨의 손에 건너가, 그녀에게 자유와 희망을 전해 주었을 것을. 모두, 오키나와의 해풍에 안겨 생을 다했을 것을.

아아, 그리운 파도 소리가 귓가에 울립니다.

애가 탈 정도로 바랐던, 기억 속의 바다 그 자체가 지금, 눈앞에서 애처로울 정도로 아름답게 빛나고 있습니다.

에필로그

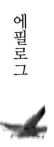

매년 장마철이 되면 할머니는 무릎의 오래된 상처가 쑤신다며 방에 곧잘 틀어박힌다.

　그것만이 아니라 밤에 가위를 눌리는 일도 많다. 어릴 적에는 자주 같이 자기도 했지만, 장마철만은 그런 할머니가 무서워서 어머니와 잤다.

　"공습의 꿈을 꾸는 모양이야."

　언젠가 아버지가 가르쳐 준 적이 있었나.

　할머니의 고향 규슈에도, 전쟁이 끝나기 전에 많은 적의 비행기가 폭탄을 떨어뜨리러 왔을 것이다.

　어떻게든 기운을 북돋으려고, 나는 진로 희망 종이를 가지고 미닫이문을 노크했다.

"무슨 일이니?"

"마유인데, 들어가도 돼?"

"그러렴."

문을 열자 다다미의 냄새와 함께 선향의 향기가 강하게 풍겼다.

"불단에 절하고 있었어?"

"그렇단다. 할머니의 아버지가 이 시기에 돌아가셨으니까. 머지않아 전쟁이 끝나려고 하던 직전에 말이야."

자신의 말에 문득 깨달은 듯, 할머니는 입을 다물어 버렸다. 전쟁 체험에 대해서는 아버지조차도, 할머니의 아버지에 관한 이야기를 들은 적이 없다고 한다. 매우 괴로웠을 것이다. 이 시기에 아프다는 상처도 역시 공습으로 다쳤을 것이다.

다다미 위에 놓인 방석에 앉아, 나는 할머니에게 종이를 내밀었다.

"짜──잔."

어쩐지 쑥스러워서 익살을 떤다.

"어머, 진로 희망 종이잖니?"

거기에 쓰여 있는 글자를 따라가던 할머니의 얼굴이 천천히 웃음을 짓기 시작했다.

"마유에게 딱 맞는 진로라고 생각해. 손재주가 좋고 센스도 뛰어난걸."

나는 이것저것 고민하다가 패션 전문학교를 목표로 정했다. 어머니와 아버지에게는 아직 말하지 않았다. 호노카에게는 말했지만, 가족에게 이야기하는 것은 할머니가 처음이다.

"용케 열심히 생각해서 정했구나. 훌륭하네."

할머니가 무릎 주변을 문지르며 빙긋빙긋 웃었다.

"응. 조금 여러 가지 있었어."

이야기할지 말지 망설였지만, 나는 결국 이야기하기로 했다.

이상한 상자의 손잡이를 돌린 것과 거기서 손에 넣은 펜던트의 일. 그리고 호노카와 싸운 이유와 꼴사나운 부분까지 전부 털어놓았다. 호노카가 바다에 버린 펜던트를 찾아준 것도.

"그런 일이 있었구나."

할머니가 주름투성이의 얼굴로 고개를 끄덕이자 어쩐지 안심이 되었다.

"이거, 그 펜던트. 계속 부적처럼 걸고 있었어."

목에서 체인을 벗어 할머니에게 건네자, 할머니는 순간 숨이 멈춘 것 같은 얼굴을 했다.

"이것―― 이것을 산 게 언제라고? 아직 그 이상한 상자가 있니?"

굉장한 기세로 물어왔다. 그러면서도 눈은 펜던트를 바라보고 있었다.

"왜 그래? 할머니도 가지고 싶어?"

할머니는 그 뒤로도 한동안 펜던트를 응시한 후, 천천히 일어서서 낡은 일본식 장롱의 서랍을 열어 안에서 작은 상자를 꺼냈다.

"나는 말이지, 아마도 같은 것을―― 가지고 있단다."

잠긴 목소리로 그렇게 말하며 그 작은 상자의 뚜껑을 열어 보인다.

이번에는 내가 놀라 상자 안을 바라볼 차례였다.

"정말이다. 깨졌지만, 이거 같은 유리네. 설마 같은 것에서 잘라낸 건가?"

"틀림없어. 왜냐하면 나는 이 바다를 알고 있거든."

할머니는 그렇게 말하며 우는 것 같기도 하고, 웃는 것 같기도 한, 어느 쪽인지 모를 표정으로 마침내 눈물을 뚝 흘렸다.

"할머니, 왜 그래?"

기운을 북돋으려고 왔는데, 이러면 역효과다. 할머니의 등을 쓸어내리는 사이, 어쩐지 나까지 울음이 나와 눈물이 멈추지 않았다. 저도 모르게 따라 우는 것과는 조금 다르다. 마치 내 안에서 다른 사람이 울고 있는 것 같았다. 하지만 그것은 결코 슬퍼서가 아니라 왠지 좀 더 희망이 가득한, 아름다운 마음이 흘러넘치기 때문이다. 맑은 바다처럼 투명한 마음. 이건 뭘까.

둘이 같이 실컷 울고 난 뒤, 나는 할머니에게 물었다.

"이 펜던트, 할머니가 가지고 있을래?"

나는 왠지 그래야 할 것 같은 느낌이 들어 물었다. 하지만 할머니는 고개를 흔들었다.

"괜찮다. 할아버지가 질투할 것 같으니까 마유가 가지고 있어."

울고 웃으며 할머니가 펜던트를 내 손 안에 다시 들려주
었다.

"하지만——."

"나는 이 조각이 있는걸."

"저기, 그건 도대체 뭐야? 왜 깨진 유리를 그렇게 소중하
게 보관하고 있어?"

내가 그렇게 묻자, 할머니는 소중한 듯 유리를 한 번 쓰다
듬고는 조용히 이야기를 시작했다.

"나는 말이지, 사실 규슈가 아니라 오키나와에서 태어나
자랐단다——."

그것은 할머니가 규슈로 건너오기 전, 아직 오키나와에
있었던 시절의 이야기였다.

할머니가 오키나와에서 태어났다는 것은 처음 듣는 이야
기였다. 할머니는 전쟁의 기억이 너무나도 괴로워서 오키
나와를 봉인해 버렸다고 한다. 나는 점점 옛날 이야기에 빨
려 들어갔다.

그것은 할머니의 청춘 이야기이고, 첫사랑의 이야기이

고, 그리고 슬프고 잔혹한 전쟁의 이야기이기도 했다.

"──그러면 그 에드라는 사람은 어느 날 아침 갑자기 모습을 감춘거야?"

너무나도 잔혹한 결말에 나도 모르게 물었다.

할머니는 조용히 고개를 끄덕였다.

"왠지 그날 아침, 가슴이 두근거렸지. 새벽녘 즈음에 갑자기 눈이 떠졌어. 급히 에드의 방을 들여다보았더니 없어져서 말이지. 게다가 공방 쪽이 사람들의 목소리로 소란스러웠거든. 황급히 달려나가니 아무도 없고, 전날에 두었던 저녁밥이 그대로 있었지. 깨진 이 유리 조각만이 남겨져 있었고 말이야."

할머니는 어느새 사투리를 쓰며 유리 파편을 사랑스럽게 바라보았다. 그 모습이 마치 소녀 같았다.

"그래서 그 사람과는 그게 끝이야?"

"아니, 아버지가 가르쳐 주었어. 에드가 억류되기 전에 산을 내려가 후미를 향해 도망치는 중이라고. 그 말을 들은 즉시 나도 필사적으로 쫓아갔지."

"늦지 않았어?"

할머니가 천천히 고개를 끄덕인다.

"에드를 태운 배는 이미 부두에서 멀어져 있었어. 할머니가 에드의 이름을 부르니 저편에서 손을 흔들어 주었지. 뭔가 필사적으로 외치고 있었어. 나도 귀를 기울여 필사적으로 들었지. 잘은 모르겠지만, 에드는 이렇게 말했어——. 바다를 발견했다고. 우리 둘의 아름다운 바다라며."

펜던트를 살짝 가슴에 대자 어떤 강한 마음이 솟아났다. 그런가, 조금 전부터 나의 가슴에 넘치고 있는 것은 나의 의지가 아니라 펜던트에 담긴 마음이었을지도 모른다.

전해야 한다. 할머니에게, 확실히, 이 펜던트가 전하는 메시지를.

"분명히 에드라는 사람, 할머니를 데리러 올 생각이었을 거야. 뭔가 사정이 생겨서 이루지 못했지만, 이 바다의 펜던트는 약속의 증표였던 거지. 어디로든 이어져 있는 바다를 언젠가 둘이서 자유롭게 건너자고."

"——아아, 아아, 분명히 그랬을 거야."

할머니의 눈물은 투명한 펜던트의 바다색과 매우 닮아 있다.

길고 긴 시간을 지나 펜던트가 나의 손에 아니, 할머니의 손에 여행해 온 것이다.

　그리고 할머니만이 아니라 손녀인 나에게도 가르쳐 주었다.

　인간은 자유롭다는 것. 가고 싶다고 생각한 곳에 가도 된다는 것을.

　그렇게 생각하자 어쩐지 가슴이 벅찼다.

　"고마워."

　펜던트에 가만히 속삭이자 파도 소리가 들린다.

　할머니와 눈이 마주치자, 나와 같은 소리를 듣고 있다는 것을 느꼈다. 저도 모르게 둘이 마주 보며 미소를 지었다.

　그 뒤로도 나와 할머니는 가만히 귀를 기울였다.

　펜던트의 안에서 울려 퍼지는, 올곧고 애달픈 바람의 소리에.

후기

이 책을 읽으실 즈음에는 이미 가을이겠네요.

덧붙이자면 지금은 한여름입니다. 저의 개인적인 일이지만, 이 더위 중에 아들을 한 명 낳았습니다.

아이는 처음에는 그저 세포였는데, 굉장한 기세로 분열을 반복해, 저희의 고동과는 비교도 되지 않을 정도의 스피드로 심장 소리를 내며, 머지않아 어류 같은 형태로 변하고, 얼마 뒤 어쩐지 파충류 같아지고, 그런가 했더니 꼬리가 사라지는——— 배 속에서 진화 과정을 거쳐 눈 깜짝할 사이에 인간의 아이처럼 성장했습니다.

마지막에는 애완 고양이 토라의 체중을 넘어 점점 배를

차며, 여기에 있다고 주장하게 된 나의 아이. 원고를 쓰고 있는 동안에 배가 물결치듯 움직이고, 손과 발의 형태가 떠오르고. 그것이 정말로 안에 있는 사람이라고 생각하면서 PC를 바라본 것이 겨우 2주 전의 일입니다만——.

눈앞에 나타난, 손발이 꾸물꾸물 움직이는 아이를 바라보거나, 기저귀를 갈고, 젖을 주고, 흔들거나 어르고 달래거나 재우고 있으면 배 속에서 조용히 있던 것이 왠지 매우 옛날 일 같습니다.

이 아이는 도대체 어떤 인생을 살아가게 될까요. 때때로 자신의 생각에 사로잡혀 앞으로 한 발도 나아가지 못하게 될까요. 때때로 세계는 자신의 것이라며 오로지 빛나는 미래를 망상하며 웃을까요.

——애초에 인생이란 무엇일까요.

다시 자문해 보아도 정답은 없지만, 한마디, 그것은 시간이다, 라고 바꿔 말할 수 있다고 생각합니다.

그 유한한 시간을 어떻게 살아갈까. 무엇을 남길까.

그 물음에도 마찬가지로 정답은 없다고 생각하지만, 시간을 풍족하게 사용하는 하나의 수단으로서 사람들은 예부터 손끝을 움직여 '어떤 형태를 만들다'라는 것에 매혹되어 왔다고 생각합니다.

시간을 잊고 머리를 비운다. 그저 오롯이 손을 움직여 무언가를 만들어낸다. 그것에는 단순한 기쁨이 있고, 손끝을 통해 바람이나 마음을 담는 것은 지구상의 모든 민족에게 당연한 일이었던 것 같습니다.

네이티브 아메리칸의 직물이나 북유럽 자수, 토용, 문양토기, 종교화…….

이것들은 미술관이나 박물관에 들어갈 법한 역사적 가치가 있는 것만이 아닙니다. 아무렇지 않게 웹서핑을 하고 있으면 심심풀이로 만들었다고 하는 퀼트나 색종이를 찢어 붙인 그림, 자수에 모자이크 아트 등 정말로 감탄이 나올 정도로 완성도가 높은 작품과 만날 수 있습니다. 미술관에 소장된 것도 아닌, 돈으로 바꿀 수 있는 것도 아닌, 그저 블로그의 코멘트 란에 굉장하네요, 예쁘네요, 라고 칭찬받을 정도로 시간 속에 묻혀 가는 그 작품들을 언젠가 어떤 식으로든 형태로 만들자고 생각하고 있었습니다.

어떤 자수 손수건을 바라보고 있으면 인생의 이것저것을

생각하며 바늘을 움직이는 주부의 목소리가 들려오는 것 같습니다. 어떤 코사지에서는 어떻게 해서든 슬픔에서 벗어나려고 필사적으로 발버둥치는 여고생의 빛나는 삶이 묻어 나오는 것 같습니다.

거리에 넘쳐나는 수제품 아트에 숨겨진 마음, 이야기. 그것이 만약 누군가 모르는 사람의 손에 들어가 다른 인생의 이야기와 교차했다면? 거기에는 또 새로운 이야기가 생겨날 것 같지 않습니까?

『행복의 푸른 선물』은 그런 마음에서 쓰기 시작했습니다.

본편에는 네 명의 주인공이 등장해 각각 수수께끼의 여성을 통해 어떤 수제품을 받거나 맡깁니다. 그들의 인생의 이야기가 교차하는 때, 새로운 이야기가 시작됩니다. 그 모습을 즐겨주시면 좋겠습니다. 당신도, 저도 이야기를 만들어 내며 살아가는, 길고 긴 영혼의 여행자. 만약 누군가의 마음이 담긴 무언가를 받았다면 그것은 당신의 여행이 새로운 국면을 맞아 지금까지와는 다른 기세로 이야기를 만들어 낼 때가 왔다는 사인일지도 모릅니다.

그리고 단지 말하고 싶은 이 대사. 수수께끼의 그녀와 금속 상자. 내일은 당신이 사는 마을에 갈지도 모릅니다. 후후.

끝으로 입덧이 끝나갈 즈음, 엇나가는 원고를 끈기 있게 이끌어 주신 담당자 두 분, 뒷받침해 준 남편, 애완 고양이 토라, 그리고 작품 안의 인물에게 최대한의 감사를.

또 이 책이 서점에 진열될 때까지 모든 과정에 관련된 모든 분들께도 깊이 감사드립니다.

이 책을 읽어 주신 독자분들에게는 몇 번을 감사드려도 부족합니다. 처음이신 분도, 몇 번째인 분도 정말로 감사합니다.

저의 이 작품 또한, 당신의 인생 속 이야기에 조금의 시간과 관계되었다면 기대 이상의 기쁨입니다.

그러면 머지않아 또 뵙게 되기를 바라며.

10월 길일 나리타 나리코

이 작품은 픽션입니다.

실존하는 인물, 단체 등과는 전혀 관계없습니다.

행복의 푸른 선물

2018년 08월 29일 제1판 인쇄
2018년 09월 05일 제1판 발행

지음 나리타 나리코 | **일러스트** neyagi | **옮김** 이지연

펴낸이 임광순 | **제작 디자인팀장** 오태철
편집부 황건수 · 신채윤 · 이병건 · 이홍재 · 김호민
디자인팀 박진아 · 한혜빈 · 김태원
국제팀 노석진 · 엄태진

펴낸곳 영상출판미디어(주)
등록번호 제 2002-000003호
주소 21311 인천광역시 부평구 평천로 132 (청천동)
전화 032-505-2973(代) | **FAX** 032-505-2982

ISBN 979-11-319-8658-5

SHIAWASE NO AOI OKURIMONO
ⓒNARICO NARITA 2016
First published in 2016 by KADOKAWA CORPORATION, Tokyo.
Korean translation rights arranged with KADOKAWA CORPORATION, Tokyo,
through Korea Copyrighr Center Inc.

ne **P**OP 노블엔진 POP(NOVEL ENGINE POP)은 영상출판미디어(주)의 대중소설 브랜드입니다.